Augusta Zack

Kilos gegen Kilometer

Lauf-Kolumnen für Anfänger:innen bis Fortgeschrittene

Bibliografische Information der Deutschen Nationalbibliothek:
Die Deutsche Nationalbibliothek verzeichnet diese Publikation in der Deutschen
Nationalbibliografie; detaillierte bibliografische Daten sind im Internet über
http://dnb.dnb.de abrufbar.

Herstellung und Verlag: BoD – Books on Demand, Norderstedt

ISBN: 9783753497327

INHALTSVERZEICHNIS

KILOS GEGEN KILOMETER

Der Wecker klingelt um 6:15 Uhr. Grausam. Aber es muss sein. Die ersten Kilos sind in den letzten Wochen gepurzelt. Jetzt habe ich meinem Kernspeck den Kampf angesagt. Wenn er mit weniger essen nicht weniger wird, muss es eben mit mehr bewegen klappen. Gesagt getan, rein in die Jogging-Klamotten und dann locker zur Hamburger Außenalster traben. Und, ja, wie herum denn? Ok, links. Wie der Wind spule ich Meter um Meter ab. Da kommt schon die Alsterperle, ein kleiner Stehimbiss, an dem noch nichts los ist. Leckeren Glühwein haben die hier. Weiter über Brücken und vorbei am morgendlichen Stau, noch eine Brücke und dann fängt der schöne Teil an, der Park. Herrlich, diese frische Luft! Aus Jux und Dollerei lege ich einen Zwischenspurt ein. Das findet auch der Schäferhund ganz prima, der ohne Leine auf der Wiese tollt. Ich renne um mein Leben. Ich höre, wie er hinter mir hechelt. Ich mobilisiere ungeahnte Kraftreserven und lege noch einen Zahn zu. Da beißen seine Kiefer laut ins Leere. Ich schreie. Und bin schlagartig wach. Ich liege in meinem warmen Bett. 7:15 Uhr am Tag der Tage. Heute wird zum ersten Mal die Alster umrundet. Alles in allem, von Haustür zu Haustür, gut neun Kilometer. Und das Wort Morgengrauen bekommt eine neue Bedeutung.

Erst quäle ich mich aus dem Bett und dann meinen Busen in einen kratzenden, vorsintflutlichen Sport-BH. Wegen der Kälte kommt unter die Trainingshose eine lange Unterhose, Sweatshirt, Sportsocken, Goretex-Jacke und diese Sport-schuhe, die fast von alleine laufen. So hat es jedenfalls der Verkäufer gesagt. Vor drei Jahren, als ich zuletzt gegen die Folgen meines zivilisierten aber zügellosen Lebens Amok laufen wollte. Um 7:30 Uhr bin ich schon an der Ampel. Aber irgendwie sind die Schuhe komisch geschnürt. Noch mal aufmachen, zumachen, so müsste es gehen. Jaha, da guckste was, denke ich, als ich einen Mann im Mantel und brennender Zigarette auf den Bus warten sehe. Ich tue etwas für mich! Jetzt noch eine Ampel und dann bin ich da. Mist, mit den Schuhen stimmt wirklich etwas nicht! Sie scheuern. Hinten. Oberhalb der Ferse. Rechts und links. Links etwas mehr. Reiß' dich gefälligst zusammen! schnauzt eine Stimme in mir. Und im nächsten Augenblick fällt mir die Kinnlade herunter: Atem beraubend schön liegt die Stadt vor mir, das tiefdunkle Blau des herannahenden Tages steigt aus der Finsternis der Nacht und die Lichter spiegeln sich müde im milchig stillen Morgendunst auf dem See. Aber ich bin ja nicht wegen der Aussicht hier.

Ich laufe links herum. Linkes Bein und rechter Arm. Rechtes Bein und linker Arm. Immer abwechselnd. Locker laufen und schön durch die Nase atmen. Ich fühle mich großartig. Bisher habe ich noch niemanden gesehen, den ich kenne. Weder meinen Friseur, der immer behauptet, mit seinem Hund um diese Zeit Gassi zu gehen, noch meine Freundin mit dem süßen Welpen. Wahrscheinlich liegen die alle noch in ihren Betten bzw. Körbchen. Auaaah! So geht es echt nicht. Wieder anhalten, wieder neu schnüren. Weiter. Ich stampfe auf, damit die Füße in den Schuhen nach vorne rutschen. Aber das bringt nicht viel. Wenn mir nicht bald etwas einfällt, muss ich umkehren. Ich habe das Gefühl, schon jetzt fette, mit Wasser gefüllte Blasen oberhalb der Hacken zu haben. Genau da, wo die Haut dünner wird. Und bei jedem Schritt scheuert es mehr. Vielleicht sind es ja auch Brandblasen, überlege ich kurz. Die Wärmflasche letzte Nacht war wirklich heiß... In der Ferne schiebt sich die Alsterperle in meinen Blick. Ich hatte gedacht, sie wäre viel näher. Ein wahrlich markanter Punkt der Strecke... Aber nein, meine Liebe, wer denkt denn hier an Aufgeben?! Denk lieber an deine Hüften und die lahmen Beine! Du hast noch nicht mal ein Viertel geschafft. Siehst Du, geht doch, mache ich mir Mut und schleppe mich mühsam weiter. Scheinbar kann keine Schnürung der Welt das Scheuern der Schuhe beenden. Werde das Gefühl nicht los, dass sich meine Socken hinten mit Blut voll gesogen haben. Nach der Brücke kommt ein kleiner Weg, der direkt zum Wasser führt. Den nehme ich. Hier geht es bergab. Die Füße rutschen in den Schuhen nach vorne. Jaaah! Aber nicht viel. Unten mache ich zur Ablenkung Stretching. Und dann packe ich mir je ein halbes Papiertaschentuch an die Fersen (kein Blut!). In der Zwischenzeit müssten auch alle Läufer, die hinter mir gewesen sind, diese Stelle passiert haben. Keiner würde merken, dass ich umkehre. Also, den Berg rauf, die Füße rutschen nach hinten und ich entferne die

Papiertaschentücher. Jetzt beiße ich nur noch die Zähne zusammen und sehe zu, dass mein Martyrium nicht mehr allzu lange dauert.

Ohhh, welch Wohlbehagen entfaltet sich bereits auf meiner Fußmatte ohne diese Selbstlauf-Schuhe an den Füßen! Ich habe mir zwei dicke, prall mit Wasser gefüllte Blasen gelaufen. Stramme Leistung für 20 Minuten Bewegung! Als erstes stelle ich mich unter die Dusche, nein, der Bauch ist nur unwesentlich dünner, als vor dem Joggen. Nachdem ich abgetrocknet bin, stellt sich mir die Frage: Aufstechen oder nicht? Ich weiß, dass man es nicht soll, entscheide mich dafür und greife zum Nagel-Nessessaire. Die Nagelhaut-Schere scheint mir das geeignetste Instrument. Blanker Edelstahl und die beiden zierlichen Klingen sind für meine Zwecke perfekt, vorne leicht nach oben gebogen. Das Werkzeug wird von allen Seiten desinfiziert und soll sich jetzt in die Blasenhaut bohren. Tut es aber nicht. Es ist auch gar nicht so einfach, richtig an die Operationsstelle zu gelangen. Nach einigem Prokeln heißt es dann: Touché! Meine Herren, das tut weh! Warum bin ich heute bloß so empfindlich? Ich reiße mich zusammen. Nutzt ja auch nichts. Jetzt noch mal desinfizieren, heijeijei! Dann ist der andere Fuß dran. Auch hier das gleiche Spiel. Hinterher sitze ich am Schreibtisch mit brennenden Füßen und frage mich: Kilos hin, Kilos her – ist das noch gesund?

FR SA SO

3 Kilogramm weniger in einem Monat! Wer jetzt denkt, wie, nur 3 kg bei der ganzen Rennerei und den Obsttagen, den bitte ich zu bedenken, dass man mit fiesen Blasen an den Fersen höchstens vom Joggen träumen kann. Und außerdem: Die natürlichen Feinde guter Vorsätze sind Freitage, Samstage und Sonntage. Der Rückfall in alte Gewohnheiten ist da so gut wie vorprogrammiert. Das ganze Universum besteht auf Knopfdruck nur noch aus Restaurants, Weinhandlungen und anderen Tempeln einer niemals enden wollenden Versuchung. Man trifft sich beispielsweise zum Kaffee, auf ein Bierchen oder zwei, zum Abendessen, plötzlich plöppt ein Korken und es wird ein Glas Sekt gereicht. Sicher, da kann man dankend ablehnen und sagen: ein Mineralwasser wäre mir lieber. Aber, wer will das schon?! Na ja, in der Woche mag das ja noch angehen. Da geht man schließlich auch zur Arbeit. Aber FrSaSo?

Wofür stehen diese Abkürzungen überhaupt? Für Frucht- oder Frust-, Sauna- oder Salat, Sorgen- oder Sobrietätstag (lat.

sobrietas „Mäßigkeit, Nüchternheit)? Neihein, da bin ich mir sicher. Deshalb, Hand aufs Herz – FrSaSo stehen für: <u>Fr</u>essen, <u>Sa</u>ufen und <u>So</u>-lange-liegen-bleiben-bis-Mo-ist. Aber das war einmal...

Fr: Um der voraussichtlichen Trainings-Trägheit des Wochenendes vorzubeugen, verabredet man sich am besten rechtzeitig mit Gleichgesinnten zum Laufen. Kneifen unmöglich, Sonntag 15 Uhr soll es sein. Außerdem habe ich das zweifelhafte Glück, die drohende Diätunterbrechung hinauszögern. Ich überstehe demnach unbeschadet – also unsatt – den Freitag-Abend. Allerdings nicht ganz nüchtern. Immerhin weiß ich jetzt, dass man Bier auch aus kleinen Gläsern trinken kann.

Sa: Erst Walken an der Alster, das erste Mal seit meinem schmachvollen Versuch von vor einer Woche. 10 Minuten in die eine Richtung, 10 Minuten in die andere. Und dank großzügiger Verpflasterung der Fersen zicken die Selbstlaufschuhe auch nicht herum! Anschließend auf den Markt und später noch schnell ein paar von den leckeren Sahnetrüffeln holen, als Mitbringsel für die Gastgeberin des Abends. Oder lieber einen Bund Möhren? Nein, Biene mag Süßes. Und sie muss auch nicht auf ihr Gewicht achten. Liebeskummer lässt ihre Pfunde schmilzen. Beneidenswert! Gegen 11 Uhr ein Frühstück aus Obst. Und wenn ich gegen drei noch eine Kleinigkeit zu mir nehme, kann ich am Abend mit gutem Gewissen zuschlagen. Mache ich dann auch. Die Nudeln mit Gemüse macht Biene wie keine Zweite. Das Grünzeug knackig, die Pasta al dente und die Sauce – ein Gedicht. Kleine Fettäuglein im sämigen Sud, ein Hauch Ingwer dazu, erst Weißwein und später einen Roten – lecker! Das Ganze aufgetischt von einer Gastgeberin, die Herz-schmerz-bedingt kaum einen Bissen runter bekommt und ich deshalb die üppigen Reste der Mahlzeit nachts auf meinem Fahrrad in mein asketisches Heim kutschiere.

So: Wie ich mich so im Bett räkel überlege ich, dass ich heute einen Sobrietäts-Tag einlegen könnte. Guter Gedanke, nach der Magenerweiterung von gestern Abend. Und dann noch um 15 Uhr der Jogging-Termin. Alle Achtung – ich kann wirklich stolz auf mich sein. Bis 12 Uhr gefällt mir mein

Sobrietäts-Tag ganz gut. Dann machen sich meine Gedanken auf den Weg zum Kühlschrank. Aber da ist nichts drin, auf das ich so richtig Lust hätte. Eine geriebene Möhre mit Apfel vielleicht... Ich frage mich, was man alles anstellen muss, um bei möglichst viel Nahrungsaufnahme, möglichst eine Top-Figur zu behalten, oder, wie in meinem Fall, erst einmal zu bekommen. Draußen nieselt es, ich liege auf dem Sofa und denke natürlich auch an die Pasta mit Gemüse in unschlag-barer Soße. Wird doch nicht so schlimm sein, oder? Genauso, wie ein Tag ohne Joggen – davon geht die Welt nicht unter. Einen Abend mit den Mädels feiern – das hat man doch ratz-fatz wieder im Griff. Denkt man. Bevor man in die Küche geht. Aber hat erst einmal der Schlendrian Einzug gehalten, wird er sich auch einnisten. Ich bewege mich an diesem Mittag recht viel. Immer vom Sofa zur Küche und zurück. Gegen 14 Uhr habe ich So-was-von-die-Schnauze-voll und verputze endlich dieses köstliche Gericht, dazu ein frisch gepresster Orangensaft. Jaha, ich lebe gesund! Außerdem möchte ich gleich beim Laufen doch keinen Schwächeanfall erleiden! Seitenstiche und Schluckauf habe ich bereits, als ich ankomme. Meine Trainingspartnerin ist schon am Treffpunkt. Und der Rest von Hamburg offensichtlich auch. Selbst bei diesem bescheidenen Wetter wollen alle um die Außenalster pilgern. Nach der ersten Minute hängt mir die Pasta bis zur Schlundoberkante. Und der ach so gesunde Orangensaft stößt sauer dazu! Meine Trainingspartnerin ist etwas irritiert. Bei jedem Schritt denke ich: jetzt schwappt's gleich über! Nein, jetzt! Oh, bitte, bitte nicht! Ich füge mich in mein Schicksal, kann aber nicht entscheiden, wo ich mich von meinem Mittagessen verabschieden soll. A propos verabschieden: Die Laufkollegin habe ich wohlweislich ziehen lassen. Komm, mache ich mir Mut, ein Stückchen noch, hinter der Kurve ist eine tolle Stelle, wo dich auch keiner sieht. Aber so weit komme ich leider nicht mehr. Alles geht dann ganz schnell. Ich kann mir lebhaft vorstellen, was die nicht gerade wenigen Spaziergänger bzw. Zuschauer jetzt über mich denken. Hoffentlich postet das keiner bei Facebook. Und ich schwöre: Nie, nie wieder werde ich vor dem Laufen essen! Morgens nach dem Aufstehen bin ich auf der sicheren Seite.

Aber nicht Montag früh. Ich klebe in meinem warmen Bett, wie Karamell am Gaumen. Oder wie der rote Zeiger meiner Waage an der persönlichen Bestmarke. Na, immerhin nicht zugenommen! Wie gut, dass morgen Dienstag ist – wie geschaffen für einen <u>Di</u>ättag.

MARATHON-MÄDCHEN

Wenn man jeden Tag, meist um die gleiche Zeit, das Gleiche macht, ist das ein Ritual. Man kann schon gar nicht mehr anders. So setze ich mich morgens fast wie von selbst in Bewegung. Hand raus, Wecker aus und eine Drehung um 180° – ausatmen. Nach einer kleinen Pause: Drehung um 180°, Hand raus, Wecker aus. Heute dauert die Rollgymnastik nur fünf Minuten. Ich habe einen Termin um 10 Uhr. Briefing-Gespräch für einen lukrativen Job. Jetzt aber schnell: Zahnbürste in den Mund und Joggingsachen an. Unten vor der Haustüre ein leichtes Stretching und dann lostraben. Für viele Hamburger ist es das Selbstverständlichste der Welt, täglich ein Ründchen gegen die Pfündchen zu rennen. 37 Minuten dauert es um die Alster, habe ich gelesen. Bei mir dauert es mindestens doppelt so lange. Auf dem Weg zum See frage ich mich auf einmal, wie schnell Franka Potente alias „Lola rennt" die Runde gedreht hätte? Ich tippe auf unter 30 Minuten. Ihr Leidensdruck war aber auch etwas größer als meiner, sie musste nämlich 100.000 DM auftreiben.

Und das schnell. Den Spurt spare ich mir, aber der Gedanke an sie beflügelt mich. Prompt habe ich das Gefühl, ein bisschen schneller zu sein. Entscheide mich, weil es so gut läuft, auf die volle Distanz zu gehen. Immerhin das erste Mal! Den Termin um 10 Uhr schaffe ich locker!

Nach der ersten Kurve sehe ich Dustin Hoffman in dem Streifen „Der Marathon Mann" vor mir. Herrlicher Film! Auch Dustin hatte beim Lauftraining am Hudson River ein Wahnsinns-Tempo drauf. Plötzlich hupt es neben mir. Ich zucke zusammen. Die Autos stehen in Schlangen an der roten Ampel. Ah, da, klar, mein 10-Uhr-Termin auf dem Weg in die Agentur. Winke-winke und weiter! Das macht Eindruck, denke ich. Das hätte der von dir bestimmt nicht gedacht!! Jaha, so kann man sich täuschen!

Man muss schon auf sich achten, zusehen, dass man fit bleibt. Dann hat man einfach mehr Spaß am Leben und ist auch besser vorbereitet, wenn's mal schlecht läuft. Bestes Beispiel: Harrison Ford. Wenn der nicht regelmäßig etwas für sich getan hätte, hätte er es in „Auf der Flucht" auch nicht geschafft, vor einer Meute Bluthunden, Tommy Lee Jones und dessen FBI-Mannschaft zu entkommen, die ihn unschuldig aber lebenslang in eine Zelle (oder war es sogar die Todeszelle?) sperren wollten. Ich stelle mir vor, die Leute in den Autos wären die Bösen und ich die Gute. Mit Ausnahme meines Kunden natürlich. Ich laufe schneller, kriege Seitenstiche und lasse das schnell wieder sein.

Ab gut der Hälfte der Strecke schleicht sich eine Szene aus „Stadt der Engel" in mein Bewusstsein: Meg Ryan spielt darin eine Herzspezialistin, die einen 50jährigen operiert. Und obwohl sie alles richtig macht, stirbt der Mann. Muss auch leider sein, denn nur so kann er von Nicolas Cage als Engel abgeholt werden, der sich dann in Meg verliebt. Und wieso das alles? Der Mann ist beim Joggen zusammen gebrochen! Der Drehbuchautor wusste, was er tat, denn so fühle ich mich mittlerweile auch, auch wenn ich noch nicht 50 bin. Ich nehme mir jedoch vor, am Leben zu bleiben. Ich habe zwar genug Puste, doch meine kurzen vernachlässigten Schreibtisch-Stampfer wollen nicht so, wie ich. Pause. Uff! Aber meine Füße laufen irgendwie weiter. Selbstlauf-Schuhe! Komisches

Bild. Nicolas würde wahrscheinlich so tun, als wenn er mich nicht sähe... Ein Blick zur Uhr und ich weiß, wenn ich nicht ein bisschen zackiger mache, muss ich anrufen und sagen, dass ich später komme. Und mein Kunde wird wissen, warum – weil ich zu lahmarschig um die Alster gekrochen bin. Das wäre peinlich. Das g-e-h-t gar nicht! Für den Rest der Strecke nehme ich mir vor, an nichts zu denken. Den Kopf freikriegen, loslassen können und einfach nur spüren, wie der Sauerstoff meine Zellen durchströmt. An der leichten Steigung ist plötzlich Dustin Hoffman wieder bei mir. Er sieht nicht gut aus. Er ist gerade von dem weißen Todesengel, dem alten KZ-Zahnarzt Szell, teuflisch gut gespielt von Laurence Olivier, gefoltert worden und hat sich entschlossen, zu kämpfen. Jetzt kann ich mich nicht hängen lassen. Ihn nicht hängen lassen. Ich reiße mich zusammen und ziehe mit ihm gleich. Er, barfuss und mit gestreifter Schlafanzughose, ich mit Selbstlauf-Schuhen und hochrotem Kopf. Es ist Nacht in New York und mit jedem Schritt auf dem nass glänzenden Asphalt legen wir mehr Distanz zwischen uns und die kaltblütigen Nazi-Mörder. Ich weiß, wenn die uns kriegen, ist es aus. Ich laufe, was das Zeug hält. Ich glaube, ich habe einen ganz guten Vorsprung. Plötzlich höre ich wie hinter mir etwas Schnaufendes angewalzt kommt. Shit, ist das etwa jetzt Wiliam Devane als gemeiner Geheimdienst-Scherge? Das Schnaufen wird lauter! Die kriegen dich, denke ich. Panik! Dustin zieht an mir vorbei und rettet sich mit einem Megaspurt. Mistkerl! Und da passiert es – „das Schnaufen" überholt mich! Es ist gar nicht Devane, es ist eine Frau, die mindestens doppelt so stattlich ist wie ich. In einer eng anliegenden Gymnastik-Hose. Mutig, mutig! Mir geht die Puste aus. Los, noch bis zur nächsten Bank, sporne ich mich an. Und bleibe sofort stehen. Während die propere Gymnastik-Hose zielstrebig ihren Weg macht. Von wegen Hoffman – Schlappman! Ein Blick auf die Uhr sagt mir: Alarmstufe Rot. Trotzdem kann ich nicht schneller laufen. Jetzt sind schon drei gegen mich: Das FBI, die Nazis und die Uhr. Im Zieleinlauf reiße ich vor Erleichterung die Arme hoch! Franka, Dustin, Harrison, Meg und Nicolas sind auch da. Sie klatschen begeistert, high Five und dann der Blick zur

Anzeigentafel: Au Backe, jetzt muss ich wohl anrufen, und sagen, dass ich später komme.

Vor dem Joggen denke ich immer: nicht schon wieder. Aber nachher sind diese Zweifel wie weggeblasen. Meine Runde heute an der Alster hat mir jedoch zu denken gegeben. Da trifft man finstere Gesellen. Auf der Flucht vor FBI, lebenslanger Haft, Herzoperationen und brutalen Nazis kommt keine Freude auf. Und das mitten in Hamburg! Wenn das der Verfassungsschutz wüsste. Ich sag's euch, da käme so mancher Ermittler ins Schwitzen. Und was mich betrifft, ich möchte eigentlich vor niemandem davon rennen. Um genau zu sein, überhaupt nicht rennen. Wenn da nicht dieses unglaublich gute Hinterher-Gefühl wäre. Alle Schweinehunde besiegt! In diesem Sinne: Ich halte euch auf dem Laufenden!

...UND DIE PFUNDE PURZELN WIE VON SELBST

Seit ich beschlossen habe, nur noch morgens zu laufen, ist um halb sieben die Nacht für mich zu Ende. Neuerdings sogar schon ein paar Minuten früher. Ich wache von alleine auf und jubel dem Tag entgegen: Jahhaaa, Laufen! Endlich! Unfassbar, wenn mir das einer vor vier Monaten gesagt hätte... Nun gut, ich denke nicht ohne Stolz an den neuen Gürtel, den ich für meine schlackernden Jeans gekauft habe und beginne meine schweißtreibende Schinderei. Einmal im Tritt, läuft es sich fast von selbst. 5,5 km ist meine Trainingsstrecke lang. Ja, ich kann nicht meckern. Bin mit mir recht zufrieden. Doch mein semi-trainierter Körper wehrt sich auf heimtückische und erniedrigende Weise vor den morgendlichen Attacken contra Power-TV-Watching, Ultra-Relaxing und Extreme-Happy-Houring. Mit Schmerz-Anfällen an diversen Stellen sagt er deutlich und unmißverständlich: „NEIN, es reicht! Ich will nicht mehr!" An einem Samstag kann ich nur mit größter Willensanstrengung joggen. Es fühlt sich an, als ob mir zwei kleine fiese Männchen mit extra spitzen Messern in die

Achillessehnen stechen. Wieder daheim hole ich meine stets einsatzbereite Coolpack-Augenabschwell-Maske aus dem Kühlschrank und lege sie um die piesackenden Stellen. Anschließend: Füße hoch und ein Laufmagazin zur Hand. Später: „Lola rennt" auf DVD. Noch später: ein Special über den letzten Ironman. Gram gebeugt ob der Vitalität und Kondition der anderen schleppe ich mich noch viel später ins Bett. Die fiesen Fersen-Männchen mit ihren Messern stellen sich als äußerst nachtaktiv heraus. Um sie nicht noch mehr zu reizen, tausche ich morgens Laufschuhe gegen Mountanbike und brause zwei Runden um den See. Das Ergebnis: ordentliche 24 km/h Durchschnittsgeschwindigkeit und die Fersen-Männchen kurzfristig am Hintern. Am nächsten Morgen geht gar nichts mehr. „Kommen Sie um zehn nach elf", flötet die Sprechstundenhilfe des Orthopäden gut gelaunt in den Hörer, „wir schieben Sie dann irgendwie dazwischen". Ich möchte mir gar nicht ausmalen, wie ich durch was auch immer zwischen geschoben werden soll – egal: für mich und meine Achillessehnen ist es jedenfalls fünf vor Zwölf. Das Wartezimmer proppenvoll und nur noch eine vergilbte Apothekenumschau und ein abgegriffenes Fitness-Blättchen im Zeitungsständer. Toll! Doch mein durch Abnehmen und Sporteln konditionierter Blick zoomt sofort auf die verheißungsvolle Überschrift: Yoga – und die Pfunde purzeln wie von selbst. Das behauptet jedenfalls ein gewisser Timothy Mc Call, Internist und Yogalehrer aus Boston. Dazu zeigen superschlanke Mädchen in knappen Outfits, wie zum Beispiel die halbe Kopf-Knie-Stellung (Janu Sirasana) den Magen aufräumt. Das ist ja interessant. Von einer anderen Übung ist Mr. Mc Call besonders überzeugt, sie massiert die Bauchorgane, damit Fett abgebaut werden kann. Leuchtet ein. Wenn das so einfach ist, sollte ich mir das alles sehr genau merken: „Setzen Sie sich mit gestreckten Beinen auf den Boden (Zehen zur Decke) und winkeln Sie das linke Bein an, so dass die Sohle den rechten Oberschenkel berührt. Beide Hände zur Decke strecken, dann den Oberkörper langsam nach vorne beugen und mit den Händen ganz locker den rechten Fuß greifen. Halten Sie die Spannung etwa eine Minute, dabei tief durchatmen und anschließend das Bein wechseln. Tipp für Anfänger: Einfacher geht es, wenn Sie nur die Zehen berühren. Achtung: Halten Sie den Rücken immer gerade, sonst wird die Lendenwirbelsäule belastet!"

Dann werde ich aufgerufen und eine Frau in meinem Alter, die scheinbar in jeder freien Minute diese Übung macht, bringt mich zum Onkel Doktor. Er heißt: Quaal. Das passt. Er hört sich meine Lauf- und Leidensgeschichte an, nickt und jagt einen Ultraschall durch meine Fersen. „Ja," sagt er, „das ist alles ganz schön gereizt. Aber nix Schlimmes." Er verschreibt Tabletten gegen die Schwellung. Und Einlagen. Denn ich bin, wie Dr. Quaal so nett sagt, eine „Überproniererin". Auf gut Deutsch: ich habe Plattfüße. „Zeigen Sie mal, wie Sie dehnen. Aha. Soso. Oh Gott, oh Gott! Machen Sie das mal lieber so, ja, schon besser. Und dann laufen Sie erst mal zwei Minuten und dehnen dann. Und dann noch einmal nach 10 Minuten. Aber erst mal eine Weile gar nicht laufen. Nichts machen. Mindestens zwei Wochen. Sie können sich wieder anziehen."

Zwei Wochen! Ich soll zwei Wochen nichts machen? Ich beschließe, mich abzulenken und wegzufahren. Das Ziel meiner Flucht: Ein Ort an dem man so gut wie nie ans Laufen erinnert wird. Ich fahre nach Paris. Gleich am zweiten Tag werde ich eines besseren belehrt: Der Marathon de Paris, das drittgrößte Laufevent Europas, findet direkt vor meiner Nase statt. Ansonsten tut die Ruhe den Achillessehnen gut, sie vertreibt die Fersen-Männchen und lässt die Kohlehydrat-speicher tüchtig anschwellen. Wieder zurück in Hamburg sind Pernot, Praliné und Paté sofort wieder passé. Das einzige, was jetzt noch gestopft wird, sind meine Laufschuhe. Und zwar mit den neuen blauen Einlagen.

Es ist kurz nach halb sieben und noch dunkel. Ich bin aufgeregt. Endlich wieder laufen. Au weija, merke ich sofort, ganz schön eng in den Schuhen. Da muss ich wohl Neue kaufen. Aber das ist das kleinste Problem, wie sich schnell herausstellt. Die rechte Einlage scheuert. Am Fußgewölbe. Jetzt habe ich so lange auf diesen Morgen gewartet und dann das. Aber man soll nie die Macht der Verdrängung unterschätzen. Ich trabe also zur Hamburger Außenalster, die Lichter der Stadt spiegeln sich müde im Morgendunst auf dem See, Blätter rascheln. Ich bin glücklich. Für fast 5,5 km.

Zuhause dann das böse Erwachen. Der rechte Fuß – ach, die blutigen Details erspare ich Ihnen. Ich tippe auf ca. 1 Woche Zwangspause. Zurück nach Paris? Da fällt mir plötzlich Yoga-Guru Timothy Mc Call und seine Organ-Massage-Übung ein. Damit könnte ich es in der Zwischenzeit versuchen. Ich setze mich mit gestreckten Beinen auf den Boden (Zehen zur Decke!) und winkle das linke Bein so an, dass die Sohle den rechten, na ja – Unterschenkel berührt. Beide Hände zur Decke gestreckt beuge ich dann den Oberkörper langsam nach vorne. Sein „Tipp für Anfänger: Einfacher geht es, wenn Sie nur die Zehen berühren." Wie ich so keuche und ächze, frage ich mich, ob die Pfunde bereits purzeln, wenn man mit den Händen nur bis ans Knie kommt...

SCHÖNE BESCHERUNG

Alle Jahre wieder schenken wir uns nichts zu Weihnachten. Und alle Jahre wieder wird   diese Abmachung im Glanz des festlich geschmückten Tannenbaums schnell vergessen. „Nur eine kleine Aufmerksamkeit," oder „was Nützliches für die Küche". In diesem Jahr wird das anders. Denn seit ich unter die Läuferinnen gegangen bin, ist mein Wunschzettel lang und kostspielig. Deshalb habe ich verkündet: wer möchte, darf sich mit einer finanziellen Kleinigkeit an meinem Winter-Outfit beteiligen. Alle sind einverstanden. Fein! Für den Run durch die Hamburger Sportgeschäfte nehme ich mir deshalb gleich einen ganzen Nachmittag Zeit.

Erste Station: neue Laufschuhe. Als Anfänger kann man da viel falsch machen. Deshalb gehe ich auf Nummer Sicher und in ein Fachgeschäft. Der drahtige Verkäufer erfährt gleich, was ich bei meinem letzten Arztbesuch über meine Plattfüße gelernt habe: „Ich bin Überproniererin!" Und dann bringe ich, peinlich, peinlich, meine neuen blauen Einlagen ins Spiel. Nach einigem hin und her bzw. an und aus, seiner

Laufgeschichte und der des Inhabers, kaufe ich ein Paar Lauf-schuhe mit „stability-cradle", also mit einer „festen EVA-Schale, die den gesamten Rückenfußbereich umschließt."
Kling, Kassenglöckchen, klingelingeling: 150,- Euro! In einer spontanen Eingebung höre ich die geliebte Stimme meiner leider längst verstorbenen Großmutter: „Niemals an den Schuhen sparen". Ich folge ihrem Rat und falle an der Kasse demnach nicht ins Koma. Im Gegenteil! Ich habe die absolute Gewissheit, das Beste für mich und meine Füße bekommen zu haben. Wieder an der frischen Luft, wird der Kauf mit einem Glühwein begossen! Prost Omi!

Die viel diskutierte Frage, ob es immer Markenartikel sein müssen, stellt sich mir als Werbetexterin erst gar nicht. Wenn schon nicht ich an die Macht der Marken glaube, wer dann? Zugegeben, ein paar Mal bin auch ich Kaufimpulsen in Lebensmittel-Discountern erlegen. Aber mal scheuerte eine Naht, dann wabberte das Bündchen... Mir ist klar, was jetzt kommt, wird wieder teuer.

Auch oben auf meiner Liste: eine Laufjacke. Ich bin gerne bereit, dafür Geld auszugeben. Huch, aber 125,- bis 400,- Euro? Und dann für Rosa oder Hellbleu? Wie viel müsste man wohl hinblättern, wenn die mal einen anständigen Designer ran ließen? Eine Jacke ist reduziert. Allerdings in einem Geht-Gar-Nicht-Gelb. Aha. Ein Hersteller schreibt auf sein Etikett: „Mit einem Teil des Kaufpreises unterstützen Sie unsere weltweiten Jugendförderprogramme". Löblich. Aber wie ist das zu verstehen? Als Begründung oder als Entschuldigung für den exorbitant hohen Preis? Fördert es die Gewissenberuhigung, etwas Gutes getan zu haben? Bekomme ich eine Spendenquittung? Wenn ja, wo? Jedes Kind weiß, dass die meisten Sportmarken für wenig Geld in Asien produziert werden. Spätestens jetzt müsste ich konsequent den Einkaufsbummel abbrechen. Aber zunächst krieche ich in Gedanken in den hintersten Winkel meines Kleiderschranks. Irgendwo bei den Skisachen ist doch meine immer noch sehr knallrote Goretex-Jacke. Garantiert ohne „windchill effect", aber atmungsaktiv ist atmungsaktiv! Auch wenn ich morgens das einzige Rotkehlchen am See sein werde... In meiner

Skihose möchte ich da allerdings nicht gesehen werden. Gibt es denn keine Hose, pardon Tights, oder von mir aus auch Fit-Tights ohne diese spacig-dynamischen Applikationsnähte in schrill bunt? Ich finde dann doch noch eine in fast ganz blau. Diese „spezielle Coolmax-Vierkanalfaser leitet die Feuchtigkeit rasch von der Haut weg." Das Geld auch: 75,- Euro. Das lässt mich fast froh und munter sein. Und die Sponsoren von Herzen freun!

Als nächstes ein heikles Thema: Sportsocken. Ich trabe nämlich nicht ohne „In-Shoe-Revolution" aus dem Haus. Wenn die Fußbekleidung nicht „speziell für die schlanke Form weiblicher Füße gearbeitet" ist und keine „anatomically formed asymmetrical Left and Right Socks" haben, ist das für mich uninteressant. Wer so viele Innovationen in eine Sportsocke strickt, darf auch etwas mehr verlangen. Ab 12,- Euro aufwärts. Neulich habe ich bei einem Top-Angebot zugegriffen: 5,- Euro für ein Doppel-Pack Funktionslaufsocken „mit CoolMax für ein optimales Fußklima". Ich habe mir auf die Schulter geklopft: „Jaha, du zeigst es den Geldschneidern der Sportbekleidungsindustrie!" Aber die labberig weichen Teile haben nicht überzeugt. Reumütig kehre ich zu der „intelligenten Sockenkonstruktion mit handgekettelter Flachnaht, reflektierenden Elementen und X-static Silberfaser für bestmögliches Fußklima" zurück. In 37/38 bringt's bald der Weihnachtsmann.

Beim letzten Posten bleiben ästhetische Aspekte vor der Umkleidekabine. Ein Sport-BH ist nun mal eine praktische Sache. Ganz besonders, wenn er hält, was er verspricht und dabei nicht scheuert oder kratzt. Mit einem Modell startete die deutsche Olympiamannschaft 2000 in Sydney. Auf der Packung finde ich keinen Hinweis darüber, wie viele Medaillen wir dem „optimalen Halt, der Bewegungsfreiheit und Atmungsaktivität bei hoher Beanspruchung" zu verdanken haben. Hoch ist übrigens ein gutes Stichwort: über 30,- Euro. Eine andere Kreation mit Tunnelzug für den Gurt des Pulsmessers, fällt sofort durch. Sollte ich ihr einen Namen geben – „Heavy Tortchure" wäre recht passend. Am meisten bewährt sich beim „Auf-der-Stelle-Hüpfen" in der Umkleidekabine ein „Shockabsorber Highimpactbra mit Impact Level 4". Ist das Zufall, Level 4 für über 40,- Euro? Oh, Du fröhliche, geschäftstüchtige blonde Tennisspielerin auf der Verpackung... Ein letzter Glühwein und ich schleppe zufrieden meine Beute nach Hause. Der Anrufbeantworter blinkt: „Hallo mein Schatz," es ist meine Mutter, „stell' dir vor, wir waren eben zufällig im Reisebüro. Die haben uns ein tolles Angebot gemacht. Heiße Weihnacht mit alle Mann. Eine Woche Kanaren, schnuckliges Häuschen, Meerblick, Orangenhain, Pool, Kamin. Hm, nicht ganz billig. Aber so eine Gelegenheit kommt so schnell nicht wieder. Verzichten wir eben dieses Jahr wirklich mal auf die Geschenke!" Ihr Läuferlein kommet: Das ist wirklich eine schöne Bescherung!

IM NEUEN JAHR WIRD ALLES BESSER

Seit sechs Monaten jogge ich morgens gegen halb sieben an der Hamburger Alster. Und – was soll ich sagen – es geht mir so gut, wie schon seit Jahren nicht mehr. Mittlerweile trage ich meine Jeans in einer kleineren Größe und auch nur mit Gürtel, weil sie sonst rutschen. Mein ehemaliges Doppelkinn ist Einzelkinn und mein Körper bekommt dort Konturen, wo sie auch hingehören. Ich bin recht zufrieden mit mir. Deshalb zählt am letzten Tag des Jahres zu meinen guten Vorsätzen für das Neue neben erstens „Traummann"- und zweitens „Traumwohnung"-finden, auch, dass ich drittens meine tägliche Laufstrecke, auf eine ganze Runde ausdehnen möchte.

Vorsatz Nr. 1 ist nicht so ganz neu. Erstmals wurde das Projekt Mitte der 80er Jahre in Angriff genommen, später jeweils im olympischen Abstand 1988 und 1992. Atlanta und Sydney habe ich übersprungen und lande nun, kurz vor Athen, im Hoffnungslauf für 2003. Ein Weilchen sah es so aus, als ob mich das Joggen meinem Traummann näher brächte. Laufen fördert ja nicht nur den inneren Dialog, die Sauerstoffversorgung und Durchblutung. Nein, beim Laufen lernt man auch reihenweise Leute kennen. Allesamt mit ein und demselben gesunden Hobby beschäftigt. Drei- oder viermal zur gleichen Zeit unterwegs und schon hat man viele neue Bekannte. Meine persönliche Erfahrung ist: je früher, desto freundlicher. Als erstes begegnet mir meist „Der Zucker", ein kerniger, konzentrierter Adonis, der nur kurz den linken Mundwinkel zum Grüßen hebt, „Mr. Moin-Moin" ist ein stimmgewaltiger Drahtiger um die 50, der „Wasserscheue" joggt mit Schirm, die „Boygroup" besteht aus drei echt lecker Jungs, die gerne regelmäßiger erscheinen könnten, ein paar ansprechende „Herrchen" mit Hunden tummeln sich auch und natürlich zig „Schleicher", und „Grußlose Glotzer". Und dann gibt da auch diesen einen im schwarzen Outfit. Schwarze Jacke, schwarze Hose, dunkle Haare. Der hat von mir noch keinen Namen bekommen: „MiB?", „Schwarzer Peter?", „Joe Black?" (nein, keinerlei Ähnlichkeit mit Brad Pitt, ehrlich!). Keine Ahnung, ob er nett bzw. mehr als das ist. Sein Grüßen gibt jedoch Anlass zu Spekulationen. Meines hoffentlich auch. Das Problem ist, dass wir in entgegengesetzte Richtungen laufen. Kommen, gucken, grüßen – das war' s. Ich habe schon überlegt, ob ich ihm nicht einfach mal meine Visitenkarte in die Hand drücken soll. Ist aber irgendwie ein bisschen plump. Und was dann? Er könnte ja auch mal... Vorausgesetzt, er sieht das ähnlich. Im Herbst habe ich ihn einmal dabei erwischt, als er ging. Dachte wohl, hinter der Kurve sieht ihn keiner. Jaha, Bursche, falsch gedacht! So dicht war das Laub der Bäume da nicht mehr. Und dann konnten wir ein elend langes Stück aufeinander zu rennen! Au Weija! So ca. 300 Meter, also jeder 150, nee, ich war schneller, ich hatte ein paar Meter mehr. Bevor wir in Grüßnähe kamen, sah er plötzlich auf seine Uhr. Übersprungs-Handlung? Heißt das: Kleine, du bist ganz schön spät dran? Oder: Hui, ganz schön flott auf den Füßen, heute? Oder: Ich werde jetzt immer, immer, immer um genau diese Uhrzeit an genau dieser Stelle sein? Was für ein Pech, ich laufe ohne Uhr! Wird mich das Schicksal die restlichen 60 Jahre meines Lebens dafür bestrafen? Aber es kommt noch viel schlimmer. Winterzeit. Es ist morgens dunkel. Besser gesagt stockfinster. Manchmal sieht man noch nicht mal die Lichter des nahen Fernsehturms. Ganz zu schweigen von Menschen, die zum Grüßen nur einen Mundwinkel heben. Oder Männern in schwarzen Laufsachen. Kein Wunder also, dass ich neulich mit „Joe Black" zusammengeprallt bin. Peng! Von wegen freundlich grüßen. Ich hab' vor Schreck geschrien. Er zeigte deutlich bessere Nerven und lachte. So nah waren wir uns noch nie. Und, Chance genutzt? Nicht wirklich. Denn „Joe", na ja, Lars (!) guckte wieder auf seine Uhr und wir rannten dann schnell voneinander weg. Nun, immerhin, jetzt weiß ich wenigstens, wie er heißt.

Und da sind wir schon bei Vorsatz Nr. 2: „die" Wohnung. Ich weiß, das wird noch komplizierter als Nr. 1. Der Grund: die neue Behausung sollte möglichst nah an der Hamburger Außenalster und damit an der morgendlichen Rennstrecke liegen. Das hat den Vorteil, dass ich erst gar nicht Auto oder Fahrrad aus der Garage holen muss. Das spart Zeit. Aber – und das macht es so schwierig – es spart kein Geld. Die Wohnungen dort sind teuer. Unverschämt teuer. Nicht, dass

am Ende Vorsatz Nr. 1 utopisch wird, weil der „Traummann"
mit dem Zusatz versehen werden muss: „Multimillionär mit
caritativer Ader für joggingverrückte Mittdreißigerin".

Vorsatz Nr. 3 – die ganze Runde um den See zu schaffen –
habe ich gleich heute Morgen in Angriff genommen. Aber
nach der ausgelassenen Vorsilvesterfeier von letzter Nacht
spüre ich überdeutlich das olympische Motto: Dabei sein ist
alles! Pausenlose Nie-wieder-Gelübte begleiten mich auf
Schritt und Tritt. Nie, wirklich nie wieder so viele Cocktails
und Zigarren in Kombination mit so wenig Schlaf und
Frühsport, schwöre ich mir. Nichts leichter als das, denke ich
und male mir auf meinem Weg die erste „Happy Hour" im
neuen Jahr aus: ich sitze verführerisch auf einem Barhocker,
wippe mit meinen kleinen Füßen in hinreißenden High Heels
den Takt der Musik und nippe dazu lasziv an einer
Apfelsaftschorle. Da erscheint auch schon das geschockte
Gesicht meines Lieblings-Kellners. „Nein, alles bestens.
Danke, es geht mir prächtig." Dann wandert sein Blick auf
meinen Bauch. „Nein, um Himmels Willen, ich bin auch nicht

schwanger!" (Werde ich nach den Feiertagen etwa so aussehen?)

Eben, nach dem Finish auf der Fußmatte und letztem Zieleinlauf in diesem Jahr, wurden meine guten Vorsätze urplötzlich über den Haufen geworfen. Traummann, Traum-wohnung – alles gut und schön. Aber wer Gedanken verloren barfuss durch die Wohnung tapert und mit dem kleinen Zeh unter einer Türe hängen bleibt, weiß, es kann nur einen Wunsch geben. Für mich, für alle: Gesundheit! In diesem Sinne: Prost Neujahr!

LAUF, MÄDCHEN LAUF!

Beim ersten Joggen nach dem Winter-Schlußverkauf, auf Neudeutsch Sale, präsentiere ich mich mit neuer Laufjacke: figurbetonter Schnitt, dunkel- und hellblau, für 100,- Euro. Da kann man nicht meckern. Ansonsten hat mich der WSV zu keinen weiteren Investitionen animiert. Die Damen morgens am See scheinbar auch nicht. Der „Blonde Blitz" saust mit den gewohnten Sachen energiegeladen an mir vorbei, gefolgt von der „Rasanten Roten", wie immer fröhlich grüßend und für die Kälte ein bisschen zu dünn angezogen. Die Herren waren aber offensichtlich sehr spendabel und haben sich mit modernstem Equipment aufgerüstet. Im Dunkel der Strecke habe ich jedoch Schwierigkeiten, sie in ihren neuen Hightech-Fasern wiederzuerkennen. So bin ich z. B. darauf konditioniert, das nachtschwarze Outfit eines gewissen Mr. Black zu beachten. Jetzt kann es allerdings passieren, dass ich Lars, wie er ja neuerdings auch genannt wird, schlicht und ergreifend übersehe. Selbst dann, wenn seine Laufsachen plötzlich von Kopf bis Fuß reflektieren und er in schneeweißer Mütze und übergroßen Ohrschützern angetrabt kommt. Erst sein empörtes, überlautes „Guten Morgen!" befördert mich schlag- artig in die Realität. Aha! Das sind keine Ohrschützer, das müssen Kopfhörer sein. Dann wird wohl noch ein Walk- oder Discman drin gewesen sein. Ich nicke freundlich: „Schönen Tag noch", er nickt auch, lächelt und hat natürlich nichts gehört. Was hat er wohl statt dessen im Ohr? Ein Song von Robbie Williams? „Hello, did you miss me? I know, I' m hard to resist"? Ja, schön wär' s.

Wieder zuhause suche ich meinen alten Walkman und stöbere ihn mit zig Kassetten im Keller auf. Meine Güte, das waren Zeiten: ABBA: „Take a chance on me" mit poppig selbstge- basteltem Cover, ja, aber auch Klaus Lage: „Schweißperlen" und El Curso de Español 1 – lang, lang ist' s her. Ein Test beweist: Gerät und Kassetten befinden sich in einwandfreiem Zustand. Für den nächsten Morgen lege ich schon mal eine bunte Mischung ein, die ich seinerzeit „FUN, FUN, FUN!" getauft hatte. Ich versuche mich zu erinnern und entscheide: da muss flotte Musik drauf sein. Nichts bremst mehr, als

„Bridge over troubled water" beim langgezogenen Spurt zur Kennedybrücke hoch.

Am nächsten Morgen gibt es zuerst ein wenig Gefummel, bis ich meine sogenannten In-Ear-Kopfhörer unter der Mütze platziert habe. Zuerst drücken sie, dann fallen sie raus. Als ich zum See komme, ist alles ok. Vor dem Stretching drücke ich auf „play" und Tracy Chapmans „Run, Run, Run" ertönt. Ich finde nicht, dass Frau Chapman aussieht, als würde sie laufen. Aber man kann sich ja auch täuschen. Dann setze ich mich in Bewegung, und zwar mit Right said Fred' s: „I' m too sexy for my job, too sexy for ..." Hey, das geht ja gut los. Nur irgendwas stimmt mit dem Walkman nicht. Es hört sich so an, als ob er Schluckauf hätte. „I'm too sexy"... „hicks!" ... „for my" ... „hicks!" ... „job too" ... „hicks!" ... Ich ahne auch den Grund: Das ist ein Walkman, kein Joggman. Mist! Und jetzt ist das Ding umsonst mit dabei. Toll! Aber der klare Blick auf die schimmernden Lichter im Wasser entschädigt. Da kommen auch schon der „Zucker", der „Blonde Blitz", „Mr. Moin-Moin" und die „Rasante Rote". Ja, auch Lars ist wieder da, mit einem überlauten: „Mooorgen!" Ich denke nur an Mr.

Williams: „I' m doing"... „hicks!" ...what I"... „hicks!" ...„can, to be" ... „hicks!" ... „a better" ... „hicks!" ... „man".

Nach dem Besuch eines Elektrofachgeschäftes bin ich schlauer: Jetzt weiß ich, Jogger sollten beim Kauf ihrer Lauf-Geräte auf den sogenannten G-Protection Jog Proof 300 sec. achten. Zu Deutsch: Anti-Schock-System, speziell für hohe Beanspruchungen, wie beim Joggen (so ähnlich stand das auch auf der Packung meines Sport-BH's), aber es geht noch weiter: G-Protection garantiert unterbrechungsfreien Musik-genuss. Einen sehr überzeugenden Eindruck macht das Kooperationsprodukt einer bekannten deutschen Elektronik-firma mit einem amerikanischen Sportartikelhersteller. Das ist der, der beim Verkauf seiner teuren Laufklamotten immer einen Teil des Kaufpreises in die weltweite Jugendförderung spendet. Als ich den Preis für CD-Player und Kopfhörer entdecke, entfährt mir ein beherztes „Mamma mia". Da singe ich doch lieber selbst. Hicks! Auf dem Heimweg, bei schönstem Sonnenschein, stechen mir unvermittelt diese schrill-gelben Kopfhörer in die Augen, die man mir unverständlicher Weise, neuerdings so oft sieht. In diesem Fall an jemandem, der das Körperdouble von Mr. Williams sein könnte. Musik zwo drei vier! Ich frage mich, worauf er so abfährt? Eine Endlos-Kassette mit: „Du schaffst es! Du schaffst es!" Nach seinem Schongang-Tempo zu urteilen eher: „Du – schaffst – es – ! – Du – schaffst – es – ! – Du – schaffst – es – !" Oder die Spurt-Einspielung: „Duschaffstes! Duschaffstes! Duschaffstes!" Wenn er schnell genug ist, muss er für eine Runde noch nicht mal die Kassette umdrehen!

Heute früh konnte ich beim Laufen, aus gegebenem Anlass, mein eigenes Liedchen texten. Ihr könnt es auf die Melodie von „Schlaf, Kindchen, schlaf" singen. Nach der dritten Strophe aber bitte das Tempo scharf anziehen. Und es geht so:

Lauf, Mädchen, lauf!

Rein in die Klamotten und raus!

Die Rennerei ist gut für dich,

Reduziert dein Kampfgewicht,

Lauf, Mädchen, lauf!

Lauf, Mädchen, lauf!

Dann bist du gut drauf.

Ein „Guten Morgen" für den „Blonden Blitz", „

Zucker" und das „Lars-Gesicht".

Lauf, Mädchen, lauf!

Lauf, Mädchen, lauf!

Darmdruck nimmst du locker in Kauf.

Leg einfach einen Zahn hinzu,

und bete, dass es gehet gut.

Renn, Mädchen, renn!

Flitz, Mädchen, Flitz!

Zu Deinem Toilettensitz.

Die WC's am See sind abgeschlossen,

Open air: unmöglich, ist beschlossen.

Flitz, Mädchen, flitz!

Spurt, Mädchen, spurt!

Nach Haus, ins Bad und UFF!

So handelt diese letzte Strophe,

Nicht von einer Katastrophe.

Uff, Mädchen, Uff!

FIRE & ICE

Das Hamburger Winterwetter eiert mich an. Dauerregen, Blitzeis, Schnee, 10 Grad über Null, 20 Grad darunter. Echt ätzend! Da kommt keine Freude auf, in aller Herrgottsfrühe an der Außenalster zu joggen. Nicht zu vergessen, wie die tiefe Finsternis mit perfidem Automatismus meinen Elan gnadenlos ausbremst. Selbst mit größter Willensanstrengung schaffe ich es nicht, aus dem Bett und in die Joggingsachen zu schlüpfen. Geht nicht. Die Bettdecke ist einfach zu schwer. „Gut", meldet sich meine praktische Seite „dann ist das eben so". Aber, was soll ich sagen: Die Rennerei am See fehlt mir. Deshalb beschließe ich eines abends: Morgen früh, egal wie! Ich quäle mich also aus den Federn, und beim Blick aus dem Fenster sehe ich die Bescherung: im Glanz der Straßenlaterne wirkt alles, als wäre es dick mit Zuckerguss überzogen. Ein Blick zum Thermometer, und mir ist klar: Das ist höllenrutschig, da draußen. Mein erster Gedanke: schnell zurück ins warme Bett. Aber wie ich noch am Fenster stehe, kassiere ich die nächste Schlappe. Da joggt doch tatsächlich der „Kleine Knubbel" unten vorbei. Das Eis ist ihr scheinbar völlig egal. Spikes? Geht es auch ohne? Ich bin keine Frau, die einmal gefasste Vorsätze so mir nichts, dir nichts sausen lässt, oh nein! Deshalb komme ich an diesem besagten Morgen genau bis zur nächsten Straßenecke, wo ich dann allerdings auf meinem Allerwertesten – gut gepolstert – lande. Fazit: Bei Glatteis hört der Spaß für mich auf. Für andere fängt er jedoch scheinbar erst an, wie ich neulich über die Verrückten des Sibirien Ice Marathon in Omsk lesen konnte. Das soll mal einer verstehen.

Die weiteren Aussichten: kalt und glatt melden die Medien. Wie es aussieht, werde ich weiterhin in winterschlafähnlicher Bewegungslosigkeit verharren. Außerdem sind 15 Grad minus kalte Luft nicht gut für die Lungen. „Pfffft", stichelte dann an einem außergewöhnlich schönen und verschneiten Wintertag mein Lieblingskunde am anderen Ende der Telefonleitung: „Hätte nicht von dir gedacht, dass du bei dem Wetter kneifst". Uiiii, das saß! Zehn Minuten später, es war halb zwei mittags, stehe ich gestiefelt und gespornt in den Laufsachen. Was für ein Luxus am helllichten Nachmittag!

Einziger Unterschied zum Morgenlauf: das Handy muss mit. Die neue Laufjacke hat nur zwei kleine Seitentaschen. Eine ist demnach fürs Mobil, die andere für Taschentücher (reicht ein Päckchen?) und Schlüssel. Ich nehme ausnahmsweise den großen Schlüsselbund mit. So kann ich auf dem Heimweg gleich mehrere Fliegen mit einer Klappe schlagen: Briefkasten, Postfach und Blumengießen bei einer verreisten Freundin. Ich denke noch, das ist bestimmt nicht gut, den Schlüssel in der Tasche mit den Taschentüchern zu transportieren, aber in der Tasche, wo das Handy steckt, scheppert er nur. Nun, an die Taschentücher muss ich öfter ran. Also stopfe ich den Schlüssel in eine alte Socke und packe das Knäuel zum Handy.

Blauer Himmel, strahlender Sonnenschein, die Luft klar und nicht so beißend kalt wie befürchtet. Und die Lauferei geht, dank kleiner Geisha-Schrittchen über vereiste Nebenstraßen, erstaunlich gut. Endlich wieder laufen! Es ist auch eine echte Abwechslung, bei Tageslicht zu joggen. Die Autofahrer gucken ein bisschen komisch. Was denken die wohl von mir? Studentin? Arbeitslose? Um diese Uhrzeit joggen? Frechheit!

Als ich zum See komme, sind bereits alle anderen Studenten, Arbeitslosen und wer sonst noch diesen traumhaften Tag draußen genießen kann, versammelt. Der See ist fast ganz zugefroren und der Schnee hat das Eis wie Puderzucker überzogen. Eine Sonnenbrille käme jetzt gut. Irgendwie komisch, die Vorstellung, im Sommer hier in kurzen Hosen und T-Shirt herumgerannt zu sein. Und während ich langsam und genüsslich durch diese einmalig schöne Kulisse trabe, werde ich meiner morgendlichen Laufgemeinschaft, dem „Zucker", „Mr. Moin-Moin", dem „Blonden Blitz" und natürlich Lars, ein wenig untreu. Aber, was soll ich sagen, die Mittagsbelegschaft ist auch nicht übel. Und dann ist es passiert. Auf der letzten Brücke vor dem Endspurt. Das Handy klingelt. Wie der Teufel es will, rupfe ich beim Herauswurschteln aus der engen Tasche dämlicher Weise auch meinen Schlüsselbund in der Socke heraus und befördere ihn in hohem Bogen in die Alster. NEIIIN! Gleich macht's „platsch"! „Wie komme ich in meine Wohnung?" schießt es mir durchs Hirn. „Und Doris' Blumen?" Aber zum Glück haben wir Winter. Dem klirrenden Frost sei Dank ist die Eisschicht vom See so stark, dass sie zumindest den Schlüssel trägt. Der ist in seiner Socke einigermaßen dicht ans Ufer gekullert. Das ist zu schaffen! Also runter von der Brücke und an die Mauerkante. Erst auf Knien und dann auf dem Bauch robbe ich vorsichtig vor und fingere kopfüber nach dem Schlüsselknäuel. Das Eis knirscht. Meine Hände im Schnee brennen von der Kälte wie Feuer. Die Eiswarnungen der letzten Tage tauchen schlagartig in meinem Gedächtnis auf. Wäre ich doch bloß in Omsk, da müsste ich mich mit solchen Problemen nicht herumschlagen. Ich strecke mich zum äußersten, doch es fehlen definitiv 5 cm. Mittlerweile stehen schon einige Leute auf der Brücke und geben Tipps, während die Multifunktionsfasern meiner Thermohose auf Hochtouren arbeiten und die Feuchtigkeit, gut sichtbar für alle, dampfend abtransportieren. Dann erscheint ein neugieriger Labrador auf der Bildfläche, in seinem Maul ein langer Stock. „Pfui! Aus! Gib' fein das Stöckchen!" versuche ich ihn mit schmeichelnder Stimme zu überzeugen, mir dieses 1a-Bergungswerkzeug auszuleihen. „Wuff" und weg ist er. Ich überlege kurz, was mir noch helfen könnte. Klar, meine

Laufschuhe, warum nicht gleich! Die sind lang, sehr lang. Also Schuh aus, ja, das Material dampft auch hier ordentlich. Mit dem Schuh fische ich nach dem Schlüssel – und kriege ihn zu fassen. Geschafft! Meine Zuschauer applaudieren, ich verbeuge mich und sehe zu, dass ich Land gewinne. Auf dem Rückweg bin ich in Gedanken wieder beim Ice Marathon in Omsk. Wieso der überhaupt Marathon genannt wird, weiß ich nicht. Die Strecke geht doch nur über 22 km. Am Ende meines ersten Frostlaufs kann ich diese Wahnsinnigen allmählich verstehen. Das hat etwas, durch die glitzernde, erstarrte – ich möchte fast sagen stillstehende – Welt zu laufen. Wenn sich die Minustemperaturen hier halten, könnte ich mich, rein theoretisch, schon mal mit dem Gedanken an Omsk 2004 anfreunden. Aber wie gesagt, nur rein theoretisch.

DER WILL DOCH NUR SPIELEN

In der Mittagszeit zu joggen, statt um 6 Uhr in der Früh, hat einen großen Vorteil: Ich kann eine ganze Stunde länger schlafen. Ein eklatanter Nachteil sind jedoch die vielen Hunde, die ausgerechnet dann ihr großes Geschäft machen müssen, wenn ich meine kleine 5,5-km-Runde am See drehe. Eines steht fest, Hunde trifft man hier zu jeder Tages- und Nachtzeit. Aber meine persönliche Erfahrung ist: Die „frühen" Vierbeiner sind eindeutig besser erzogen. Und das gilt sowohl für die Hunde, die mit ihren Frauchen und Herrchen joggen oder walken, als auch für die, die „nur" spazieren geführt werden. Damit kein falscher Eindruck entsteht: ich mag Hunde. Sehr sogar. Ich hatte selbst einen – 13 wundervolle Jahre lang. Meiner liebte es geradezu, neben, vor, hinter oder zwischen den Füßen von Joggern herzulaufen. Der Spruch: „Der tut nichts, der will doch nur spielen" ist mir von daher durchaus noch sehr geläufig. Und ich weiß auch genau, was er bedeutet: Der Zweibeiner hat seinen treuen Freund nicht im Griff! Dem Tier kann man keinen Vorwurf machen. Das kann nichts für die Erziehung, die ihm von mehr oder weniger qualifizierten Personen zuteil wird. Ich habe übrigens noch keinen einzigen Hundebesitzer getroffen, der zugeben würde, seinen befellten Gefährten nicht im Griff zu haben. Aber kaum einer dieser Tierfreunde ist bereit, seine sabbernde Senta, den langhaarigen Lumpi, den räudigen Robbie oder die niedliche Dogger-Daisy an die Leine zu nehmen. „Nein, das kann man dem Tier nicht antun. Das Hundchen braucht seinen Auslauf. Und außerdem, wenn sie frei herumlaufen, sind sie viel ausgeglichener. " Ach so.

Was meine Ausgeglichenheit betrifft, um die ist es seit ein paar Vierbeiner-Vorfällen nicht so gut bestellt. Neulich zum Beispiel, nach dem Stretchen, wollte ich mir nur kurz die Nase putzen, da machte es plötzlich „Haps!", und ein Golden Retriever hatte von hinten meine Hand samt knisterndem Papiertaschentuchpäckchen zärtlich in seinem Maul fixiert. Zugebissen hat er nicht, aber das Herz rutschte mir doch in die Hose. Ich habe mal in einer Laufzeitschrift gelesen, dass Läufer bei Konfrontationen mit Hunden nicht in deren Augen gucken sollen. Da der Hund von hinten zugeschnappt hat, hab' ich mich also vorbildlich an die Regel gehalten. Und was hat es genutzt – nichts! Ebenso stand da geschrieben, man sollte die Arme vor der Brust verschränken. Nun, auch das war mir in der Situation nicht mehr möglich. Wer weiß, vielleicht werden mir diese Tipps beim nächsten Mal helfen. „Der tut nichts, der will doch nur spielen," verkündete das Herrchen, dem es offensichtlich egal war, dass meine Hand im Maul seines Hundes steckte. Als ich meine Sprache wiedergefunden hatte, bekam das Tier mein energisches: „AUS!" um die Ohren. Der Typ, der die Leine schräg wie eine Schärpe trug, zog dann irgendwann raschelnd eine Tüte aus seiner Jackentasche und der Hund lies von mir ab. „Herkules, guck' mal, was Papi hier Feines für dich hat" ...

Heute Mittag, der Frühling und meine Kondition in Topform, kommt mir eine ältere Dame entgegen. Neben ihr trottet ein schwarzer Mops. Besser gesagt ein Möpschen. Keine Gefahr, signalisiert mein Hirn. Aber der knubbelige, kleine Hund sieht mich, und zack, klebt er mir am rechten Unterschenkel, als würde er ihn umarmen wollen. Die Dame registriert das. Sie: „Der tut nichts, der will nur spielen." Ich blicke auf spitze, gelbliche Zähnchen und verlange: „Nehmen Sie bitte ihren

Hund weg!" Sie: „Der tut wirklich nichts." Ich: „Nehmen Sie ihren Hund weg!!!" Sie: „So ein kleines Tierchen". Ich (meine Stimme jetzt zwei Dezibel lauter und eine halbe Oktave höher): „Ihr Hund soll von meinem Bein weg!" Sie (empört): „Napoleon, komm' fein zum Frauchen." Gibt es Hörgeräte für Hunde – Napoleon bräuchte eines, denn mittlerweile ist er an meinem Bein herunter gerutscht und beginnt, in rhythmischen Bewegungen an meinem Laufschuh zu onanieren. Mir reisst der Geduldsfaden. Ich (voll in Fahrt): „Wenn Napoleon nicht hört, dann nehmen sie ihn gefälligst an die Leine!" Sie: „Pfui, schämen Sie sich! Komm, mein Schatz." Ich: „Scheinbar sind Sie und Ihr Hund taub. Weg mit dem Vieh, hab' ich gesagt! Verflixt noch mal!" Dann rupft sie ihn endlich von mir weg. Sie: „Das ist eine böse Frau, gell mein Kleiner." Ich: „Ja, hervorragend, belohnen Sie Ihren dämlichen Köter auch noch, dass er so toll gehorcht. Dann wird er es das nächste Mal ganz bestimmt wieder machen." Mir ist klar, wie grotesk diese Situation wirken muss. Weil, wie gesagt, ich rege mich über einen kleinen onanierenden Mops auf und brülle eine alte Dame an. Damit macht man sich keine Freunde. Aber das ist mir in dem Moment so was von egal!

Normalerweise würde ich jetzt um eine große Wiese herumlaufen und dann in die entgegen gesetzte Richtung zurück. Aber da marschiert bereits „Napoleon" mit seiner „Josephine" vielleicht sogar zum Hörgeräteakustiker. Auch wenn es sich dabei um einen kleinen Mops und eine alte Lady handelt, entschließe ich mich gegen den Konfrontationskurs und dafür, weiter zu laufen. Ich hatte zwar aus Zeitgründen nicht vor, heute die ganze Runde um die Außenalster zu laufen. Aber, was soll's?! Wie gesagt, meine Tagesform ist glänzend. Dann laufe ich eben einfach ein bisschen schneller. Gegen Ende meiner Runde bin ich mächtig stolz auf mich. Ich habe das hohe Tempo durchgehalten. YEAH! Jetzt noch die Kuppe hoch und dann Endspurt. Doch was ist das: Napoleon und Josephine kommen auf mich zugetrottet. Was machen? Straßenseite wechseln? Kommt nicht in Frage! Ich weiß auch nicht, was dann in mich gefahren ist, aber von weitem schon breite ich meine Arme aus, rase auf die beiden los und brülle: „Ich tu' nichts! Ich will nur spielen!" Die alte Dame erkennt mich, bringt den Hund auf ihrem Arm in Sicherheit und hält ihm die Augen zu. Als ich zuhause in den Spiegel sehe, weiß ich auch, warum: Mein Kopf ist vor Anstrengung tomatenrot angelaufen! Denen habe ich es aber gezeigt! Bis zum nächsten Mal!

DIE RUHE IN PERSON

An manchen Tagen könnte ich die Welt umarmen. Heute ist definitiv nicht so ein Tag. Das fängt schon unter der Dusche an, als sich der Durchlauferhitzer verabschiedet. Der Elektriker hätte aber frühestens morgen Mittag Zeit. Das nutzt mir gar nichts, denn dann bin ich schon auf dem Weg gen Süden. Fünf Tage Malle fürn Appel und 'n Ei. Dachte ich zumindest, bis mir das Reisebüro eröffnete, dass mein Flugticket irgendwie weg ist. Und dann, on top, eine Hiobsbotschaft per Email von der Redaktion der Laufzeitschrift: „Leider, liebe Frau Zack, wird das Thema Ihrer April-Kolumne „Hunde" schon in der März-Ausgabe von einem anderen Redakteur behandelt und die Ausgabe ist gerade im Druck. Ihr Beitrag erscheint zu einem späteren Zeitpunkt. Ganz bestimmt. Und es wäre prima, wenn Sie möglichst schnell eine neue Kolumne schicken könnten. Gruß Chefredakteur M. G." „Klar," mailte ich zurück, „kein Thema!" – im wahrsten Sinne des Wortes. Es müssen ja nur noch ein paar Jobs und ein Riesenberg Bügelwäsche bis morgen fertig werden. Ich setze mich also recht ratlos an den Schreibtisch und blicke in den matschiggraubraunen Park gegenüber in der Hoffnung auf Inspiration.

Da flatterte die nächste Bescherung ins Haus: Die Freie und Hansestadt Hamburg möchte von mir 25,- Euro – das kostet eine rote Fußgängerampel mit dem Fahrrad. Ich hatte gehofft, die hätten es vergessen. Was für ein Tag! Spätestens da überschreitet meine Laune ein Rekordtief. Wenn jetzt noch die Leute von der GEZ auf der Matte stehen, fließt Blut! Und es ist nicht meins! Wie soll man sich so noch aufs Schreiben konzentrieren? Als es dann klingelt, bin ich auf 180! Argwöhnisch orte ich durch den Spion zwei Frauen in graubraunkarierten Röcken und beige-fabigen Mänteln. So sehen keine Rundfunk- und Fernsehgebühr-Menschen aus. „Guten Tag, wir würden uns gerne mit Ihnen über ein besseres Leben und die Vergebung der Sünden unterhalten". Ein Blick in mein Gesicht, und die Damen weichen intuitiv einen Schritt zurück. Sie verabschieden sich sofort mit einem wohlgemeinten: „Gottes Segen mit Ihnen". Ich: „Danke gleichfalls!" Ich bin kurz vorm Platzen und muss – Kolumne hin oder her – Dampf ablassen. Also ziehe ich die Laufklamotten an und schnaube zur Hamburger Außenalster. „Vergebung der Sünden" — die haben Probleme.

Es ist kurz vor 15 Uhr, die Sonne sticht mir in die Augen und ich bin nicht allein. Haben die denn alle nichts zu tun? Knapp zwei Monate vor dem Hamburger Marathon ist offensichtlich alles, was Gleitzeit hat, auf den Beinen. Sie kommen von vorne und hinten angewetzt, glänzend vor Schweiß, die Gesichter verzerrt, isotonische Getränke schwappen in den Gürteln. Ihr Ziel: 42 km in 4:29 Stunden, 3:59, 3:14,09, 2:59,05. Und ich: 5, 5 km ist meine Laufrunde lang. Zeit egal. Aber als ich zum 20 zigsten Mal in drei Minuten überholt werde, ist der Bock fett! So nicht! Ich beschließe, ich gehe auf die volle Distanz: 7, 4 km. „Irgendwann wolltest du das sowieso", feure ich mich an. „Heute ist offensichtlich der beste Tag, um damit anzufangen."

Heute, auf den Tag genau vor neun Monaten, hatte ich beschlossen, meinem sündigen Leben den Rücken zu kehren und ein gesunder, fitter und weniger fetter Mensch zu werden. Statt Doppelrahmstufen nehme ich zwei Treppenstufen auf einmal, statt aufs Gas- trete ich aufs Fahrradpedal, und die Auswirkungen einer ausschweifenden Nacht vertreibe ich bei einer frühen Runde am See. Und während ich an der Stelle vorbeiaste, an der ich normalerweise umkehre, weiß ich, die Mühe lohnt sich auch. Ich sehe tatsächlich besser aus, bin schlanker und die Ruhe in Person. Die beiden Frauen von eben können sich glücklich schätzen, dass sie nicht vor einem Jahr auf meine Klingel gedrückt haben.

„Vergebung der Sünden" – man wird ja mal träumen dürfen: Also, Freie und Hansestadt Hamburg, wir vergessen das mit der roten Fußgängerampel, ja? Und was sonst auch verboten gehört, hat ebenfalls keine Folgen mehr. Ich spreche von diesen legendären portugiesischen Vanilletörtchen mit der hauchdünnen Karamelkruste. Widerstand zwecklos. Da reagiert mein Körper, ähnlich wie die Abteilung für Bußgeld bei roten Ampeln, ohne Gnade. Er vergibt nichts und vergessen tut er schon gar nicht. Das landet sofort da, wo es nicht hingehört, neuerdings auch an den Oberarmen. Es sei denn, ich zeige aufrichtig Reue und tue umgehend Buße. Ganz nach dem Motto: Wer läuft, sündigt nicht, aber wer läuft, kann auch sündigen. Sind wir Jogger also ein Haufen armer Sünderlein auf dem ewigen Kreuzzug gegen Fett und Faulheit? Als Lohn unserer Mühe winkt zwar nicht das Ewige, so doch ein langes, asketisches Leben in feuchtigkeitstransportierenden Textilien? Sollten wir das Joggen, meine Brüder und Schwestern, als universelle Wiedergutmachung gegen die täglichen Versuchungen betrachten? Dann müßten aber auch Ablassbüchsen an die Alster. Laufen oder zahlen. Ein Euro pro Minute. Der Kollegin den Joghurt wegessen macht 15 Minuten Walken, ein Croissant statt Körnerbrötchen zum Frühstück wird mit 25 Minuten Laufen geahndet. Eine Tüte Chips: eine Runde im 37-Minuten-Supersprint-Tempo.

Mal ehrlich, ist Joggen nicht wirklich ein seligmachendes Allheilmittel?! „Jetzt übertreibt sie aber", denken Sie? Nein, tue ich nicht! Denn mit regelmäßigem Laufen hat man u. a. ganz hervorragende Ergebnisse bei der Behandlung von Depressionen, der Therapie von Süchtigen und zum Aggressions-Abbau gegenüber Elektrikern und Behörden des Inneren erzielt.

Und wie ich so gut gelaunt über Gott und die Welt nachdenke, bin ich einmal ganz um den See gelaufen. Ohne Pause. Halleluja! Das ist etwas, das ich vor neun Monaten nicht für möglich gehalten hätte. Und mir ist klar, das Joggen hat einen anderen Menschen aus mir gemacht. Ein besserer Mensch bin ich dadurch aber nicht geworden, fürchte ich.

Lassen Sie uns also gemeinsam das Hohe Lied aufs Joggen anstimmen. Vor meinem geistigen Auge sehe ich mich bereits schnaufend und in Läuferoutfit an fremden Türen klingeln: „Guten Tag, ich würde mich gerne mit Ihnen über ein besseres Leben unterhalten."

Einmal ganz rum, das muss gefeiert werden! Hoffentlich sind die Vanilletörtchen noch nicht aus. In diesem Sinne: Chefredakteur M. G, herzlichen Dank für Ihre Email und diesen wirklich wundervollen Tag. Fröhlich grüßt Augusta Zack!

ALSTER-AFFAIREN

Morgens um 6 Uhr zu joggen ist nicht jedermanns Sache. Meine schon. Lieber stehe ich früher auf, als es später am Tag nicht mehr in Laufklamotten zur Hamburger Außenalster zu schaffen. Mit der Einstellung stehe ich jedoch in meinem Freundeskreis alleine da. „Das mag ja alles ganz toll sein mit den sagenhaften Sonnenaufgängen, dem einzigartigen Licht, der klaren Luft und den sympathischen Leuten und so," sind sich alle einig, „aber um diese Uhrzeit laufen? Bist du verrückt?" Dann werfen sie sich vielsagende Blicke zu und setzen ihr „Augusta-und-ihr-Laufen-Lächeln" auf, was ich so gar nicht mag. Ich bekomme dadurch das Gefühl, die Pointe in ihrem „Running Gag" ohne Worte zu sein. Als ich neulich erzählte, dass es tatsächlich auch Leute gibt, die nur so in aller Herrgotts Frühe zum See kommen, glaubte mir natürlich keiner. Ich meinte die Menschen, die nicht joggen oder auf dem Weg zur Arbeit sind oder mit ihrem Hund Gassi gehen. Würde ich es nicht selber täglich erleben, ich würde es vermutlich auch nicht glauben.

Da gibt es zum Beispiel „meinen" Angler. Wenn ich zum See komme, ist er bereits da. Baseball-Kappe, kariertes Hemd, das ein wenig über dem Bauch spannt, an den Füßen weiße Socken und Sandalen, ein Kamm guckt aus einer der Gesäßtaschen seiner Hose. Viel fangen tut er nicht. Aber fröhlich grüßen – und zwar so, dass mir seine bis fast unter die Achseln hochgezogenen Jeans sogar schon sympathisch werden. Irgendwann hat tatsächlich mal ein Fisch angebissen. Stolz präsentierte mir der Petrijünger seinen gut 50 cm langen Fang! Was für ein imposanter Start in den Tag! Zumindest für „meinen" Angler.

Als Nächstes kommt mir meistens eine blonde Frau um die 40 entgegen. Sie läuft nicht, sie geht. Und zwar spazieren. Keine Hantel, keine Aktentasche, kein Hund. Tag für Tag präsentiert sie eine neue Twin-Set-Kombination in Pastelltönen. Ich nenne sie deshalb „Pastellinchen". Im Laufe der Zeit ist sie richtiggehend zutraulich geworden. In ihrem morgendlichen Spaziergängerglück spricht sie die Frauen mit Hunden an. Mich also nie. Mittlerweile spricht sie auch mit den Blesshühnern. Hinter einem Baum, es ist immer derselbe, holt sie einen Umschlag aus ihrem unerschöpflichen Vorrat an Pastelljacken und liest mit weit ausgebreiteten Armen die Morgenlosung mit Blick auf die erwachende Stadt. Ich lege dann schon mal ein Zwischenstretching ein, um mir das eigenwillige Schauspiel in Ruhe anzusehen. Was sind das wohl für erbauliche Worte? „Frieden für alle", „Heute sagst du dem Miststück vom Empfang die Meinung" oder „Wenn er wieder im Bus neben dir sitzt, sprichst du ihn an". Jedenfalls geht sie anschließend mit einem beseelten Lächeln zurück in die Richtung, aus der sie gekommen ist. Ein paar Mal dreht sie sich dabei um, so, als ob sie ihre Freude kaum fassen könnte. Und da soll noch einer sagen, nur joggen würde glücklich machen.

Das Gegenteil von Pastellinchen ist der „Griesgram". Er dreht übrigens die gleiche kleine Runde wie sie, aber in der Regel etwas später. Dem Griesgram scheinen die frühen Spaziergänge offensichtlich nicht zu behagen. Die Hände tief vergraben in dunklen, am Bund sehr engen Jeans, kommt er mit einer Art Teddybär-Gang angeschlurft. Bei uns zu Hause würde man sagen: „Er geht über den großen Onkel". Aber eigentlich geht der „Griesgram" sogar über beide Onkel. Und sein Gesicht: wie drei Tage Regenwetter, selbst bei strahlendstem Sonnenschein. Dennoch ist er immer wacker am Start, umwabert von einer voluminösen Rasierwasser-Wolke. Sein Blick: stur geradeaus. Wieso macht so einer das, frage ich mich jedes Mal, wenn ich ihn sehe. Wette verloren? Ärztliche Empfehlung? Oder ist er womöglich scharf auf Pastellinchen?

Einer, der auch morgens Muße zum Spazierengehen hat, ist „Opa-Winke". Seine Vorliebe gilt uns Joggerinnen. Nach einigen Anlaufschwierigkeiten mit dem Grüßen wurde er prompt übermütig und bekam einen Wink-Tick. Immer, wenn er mich ortet, winkt er. Aber nicht wie normale Menschen. Er winkt über dem Kopf, hinter seinem Rücken, vor der Stirn. Ich bin kein Spielverderber, ich mache mit. Blöd wird es nur, wenn beispielsweise mein Lieblings-Läufer Lars hinter ihm auftaucht. Lars ist es gewohnt, von mir etwas cooler, also mit einem Grinsen, Kopfnicken oder einem zuckenden Zeigefinger gegrüßt zu werden. Na, und plötzlich komme ich ihm mit winkenden Händen an den Hüften entgegen. Peinlich, peinlich.

Den Vogel schießt jedoch der „Walkman" ab. Er spaziert jeden Morgen eine komplette Runde um die Alster. Wir grüßen uns, schwärmen im Vorbeilaufen auch mal von der augenblicklichen Farbgebung des morgendlichen Himmels, das war es. Aber als ich neulich abends gegen 19:30 Uhr auf dem Nachhauseweg am Ufer entlangradelte, dachte ich: nanu, den kennste doch. Und Bingo, es war der Walkman bei seiner zweiten Runde am selben Tag! Der muss ja Zeit haben, dachte ich. Aber was macht mich eigentlich so sicher, dass er nur zwei Runden dreht? Ehrlich gesagt: nichts, außer gesundem Menschenverstand. Tja, und so kann man sich täuschen, denn als ich ihn Tage später auch mal mittags am Wasser traf, stutzte ich kräftig. Er aber lachte nur und stellte klar: „Denken Sie jetzt nicht, ich würde nichts anderes machen." Meine verdatterte Antwort: „Nun ja, der Gedanke liegt schon nahe." Ich weiß nicht, was es mit seinem Verhältnis zur Alster auf sich hat. Vielleicht braucht er den weiten Blick über den See, um nachdenken zu können, oder das Geräusch der Wellen, um sich wohl zu fühlen. Auch gut möglich, dass es ihm gefällt, unter Gleichgesinnten zu sein, in der Gesellschaft all derjenigen, die wir regelmäßig zu unserer Alster pilgern. Da kommt mir eine Idee: Ich werde „Pastellinchen" einfach den Tipp geben, mal auf der anderen Uferseite spazieren zu gehen, dort, wo sie „zu ihrer Uhrzeit" auf den Walkman treffen würde. Vielleicht finden die beiden Einzelgänger über ihre gemeinsame Leidenschaft zum See zueinander und könnten fortan zusammen spazieren gehen. Ein paar Runden weiter sind „Winke-Opa" und der „Griesgram" als ihre Trauzeugen im Einsatz und ich streue einen flächendecken-den Blütenteppich über das Wasser. Vom Altar geht es dann zurück zur Alster, wo der Angler für uns alle Fisch grillt. Wir gucken den Segelbooten zu, schwelgen und schlemmen. Wir feiern den ganzen Tag bis in den Sonnenuntergang hinein. Und jeder, der vorbeikommt, ist herzlich eingeladen. Bless-hühner inklusive. Leidenschaft verbindet. Und in dem Punkt haben meine Freunde ausnahmsweise mal nicht Recht. Wir Frühaufsteher sind nämlich überhaupt nicht verrückt, wir sind nur herrlich verliebt – in unsere Alster.

DOPPELTER EINSATZ

Beim Hamburger Marathon Ende April stand ich bei Kilometer 19. Das ist am Ostufer der Außenalster, meiner üblichen Trainingsstrecke. Der Anblick war gigantisch: 16.294 Läuferinnen und Läufer rannten an mir vorbei. Die bunte Menge der Teilnehmer hörte und hörte nicht auf. Insgesamt genossen über 300.000 Zuschauer am Straßenrand das eindrucksvolle Schauspiel. Was für ein Ereignis! Eine Gänsehaut jagte die nächste meinen Rücken hinunter. Dazu: Sonne, Wolken und ein leider sehr frischer, böiger Wind. Im Hintergrund blähten sich die bunten Spinnacker der Segelboote auf dem See bei der ersten Regatta im Jahr.

Unweigerlich grübelte ich beim Mustern der schwitzenden Meute: Jetzt läufst du normalerweise im Training mal eben 10 km, würdest du auch das Vierfache schaffen? Wie schnell wärst du dann wohl? Die Pacer erleichterten mir den Vergleich zwischen den Marathonis und mir, schließlich ruckeln die blauen Luftballons mit den hehren Zielen wie 3:00 und 3:30 hinter den Tempomachern her. Bis auf wenige

Ausnahmen sieht man den Läufern die Strapazen der Halbzeit nicht an. Gute Vorbereitung! Manche lachen, andere ordern per Handy bei ihrem privaten Catering-Team isotonische Getränke und wieder andere applaudieren sogar mit dem Publikum um die Wette. Ich feure an, klatsche, was das Zeug hält – ich gebe alles! Und wie nach jedem Marathon habe ich am nächsten Tag Muskelkater – in den Armen und im Rücken. Aber wen interessieren solche Zipperlein von morgen schon, wenn Julio Rey mit fabelhaften 2:07:27 h und neuem Streckenrekord das Ziel erreicht, wie ich durch eine SMS von einer Freundin erfahre. Also höchste Zeit für einen Positionswechsel.

Ungefähr bei Kilometerstand 41, 5 beziehe ich meinen neuen Streckenposten. Ich bin baff erstaunt, die meisten Teilnehmer wirken hier noch recht locker. Mal vom Tempo ganz zu schweigen. Hut ab! Als der 5-Stunden-Pacer mit seiner Mannschaft vorbei kommt, hoffe ich insgeheim, dass ich da vielleicht mithalten könnte. Vorausgesetzt den Fall, ich würde mich einmal offiziell anmelden. Und dann steht sie plötzlich klatschend und jubelnd neben mir, meine Spanischlehrerin, die auch begeisterte Joggerin ist: Hola, qué tal? Beim gemeinsamen Blick auf das Geschehen mischt sich zu unserer Wehmut des Nichtmitlaufens auch eine gehörige Portion Neid. Mit einem energischen Knuff in meine Rippen schlägt sie vor: „Warum läufst du nicht auch den Halbmarathon im Juni mit?" Ja, warum eigentlich nicht? Die Señora faxt mir die Teilnahmebedingungen. Es geht um exakt 20, 0975 km. Olé! Das ist ja nur das Doppelte von dem, was ich bisher mache. Das müsste ich eigentlich packen, beschließt die Optimistin in mir.

Dann kommt ein kühler Morgen am darauf folgenden Wochenende. Ich fühle mich unschlagbar. Mit leichten Füßen spule ich die ersten Meter ab. Herrlich, die frische Luft, der blaue Himmel und ein Angler im Petriglück. Spontan nehme ich die Halbmarathon-Vorbereitung in Angriff. Es ist die Weltpremiere meines ersten Versuchs einer doppelten Seeumrundung. Jeder Brücke, Bank und Biegung sage ich: „Heute sehen wir uns zweimal." Das hat die unangenehme Folge, dass ich mich schon nach Dreiviertel der ersten Runde so fühle, als hätte ich die zweite bereits hinter mir. Mir schwant, dass ich da wohl mental ziemlichen Mist gebaut habe. Klar, läuft der Kopf mit. Aber, dass der Kopf das Laufen bestimmt, ist eine Erfahrung, auf die ich gut und gerne verzichtet hätte. Mich beschleicht die untrügerische Gewissheit: Heute machst du wohl alles falsch. Ich bin nämlich auch ohne Wasser unterwegs. Tja, wer die Vernunft überhört, wird mit Dummheit bestraft. Das war schon immer so. Und was lernen wir daraus? Nichts, denn in diesem Moment ist es mir komplett egal. Sprich: ich laufe tapfer am Zielpunkt vorbei – weiter. Gong, zweite Runde. Geht doch, wird schon. „Und um das Wasser mach' dir keinen Kopf", fällt mir erleichtert ein, „wofür gibt es wohl die vielen Cafés und Buden am Ufer?" Von einer eventuellen spontanen Nach-ahmung rate ich jedoch dringend ab, besonders früh morgens, weil da die Lokalitäten nämlich alle noch geschlossen sind.

Beim Hamburger Halbmarathon gibt es aber Wasser. Reichlich. Steht in der Ausschreibung. Im letzten Jahr konnten sich über 3.300 Männer und Frauen davon überzeugen. Den Weltrekord der Frauen im Halbmarathon lief Rose Marie Soares mit 1:14:34 h, das allerdings bereits 1997 und nicht in

Hamburg. Startschuss für 2003 ist um 19 Uhr, Zieleinlauf des Lumpensammlers um 22 Uhr. Über den Daumen gepeilt würde ich vermutlich gut eine Stunde länger als Frau Soares brauchen. Das passt prima, denn dann hätte ich sogar noch Zeit, um ins nahegelegene Schwimmbad zu gehen, dessen Besuch im Startgeld von 20,- Euro inklusive ist. A propos Schwimmen. Als ehemalige Leistungsschwimmerin habe ich mir beim Badekappe-an-den-Nagel-hängen damals geschworen, nie, aber auch wirklich nie wieder an einem Wettkampf teilzunehmen. Doch Dekaden später spüre ich plötzlich beim bloßen Gedanken an eine offizielle sportliche Herausforderung diese vertraute, kribbelige Nervosität in mir hochsteigen. Der Körper geht in Lauerstellung. Wie ein Automatik-Getriebe kurz vor dem Kickdown. Jederzeit bereit, Vollgas zu geben. Ich gestehe, über den Halbmarathon-Tipp meiner Professora bin ich außerordentlich entzückt. Aber warten wir mal lieber ab, überlege ich vorsichtig, wie du dich nach diesem ungewohnten doppelten Einsatz fühlst, vor allem am nächsten Morgen. Das mit der Teilnahme muss ja nicht jetzt entschieden werden, das hat sogar Zeit bis einen Tag vor dem Rennen.

Es ist schon komisch, aber während meiner zweiten Runde kommt es mir so vor, als ob es auf einmal ein paar ganz schöne Steigungen gäbe. Waren die eben auch schon da? Meine Puste ist erfreulicher Weise ok, aber die Beinarbeit hat definitiv nichts mehr mit der anfänglichen Dynamik zu tun. Von Haustür zu Haustür sind es immerhin ca. 17 Kilometer– das ist fast die volle Halbmarathon-Distanz. Andere würden darüber lachen. Ich weiß auch schon wer: Die Läufer des Transeurope Footrace. Das sind die 49 Wahnsinnigen, die von April bis Juni von Lissabon bis Moskau laufen wollen, insgesamt 5.017 km. Um das zu schaffen, müssen sie täglich zwei Marathonläufe bewältigen. Pausen: keine. Ich möchte nicht wirklich wissen, wie viel man dafür trainieren muss. Jedenfalls mehr als ich. Irgendwann komme ich dann von meinem Trainingslauf wieder nach Hause. Sogar ohne negative Nachwirkungen. Ich hab's geschafft! Ich bin glücklich! Wo war noch gleich das Anmeldeformular? In diesem Sinne: Hasta la vista!

HÖHERE GEWALT

Die Anmeldung für den Hamburger Halbmarathon im Juni
ist strategisch äußerst günstig plaziert. Sie liegt ganz oben auf
dem „Wichtig-Stapel", griffbereit auf meinem Schreibtisch.
Und da liegt sie gut. Sie mahnt mich von dort täglich an DAS
Großereignis meiner bisherigen Läuferinnenkarriere.
Ausgefüllt, geschweige denn abgegeben ist sie noch nicht –
laut Ausschreibung kann man das sogar noch am Veran-
staltungstag tun. Das beruhigt mich. Schließlich kann man ja
nie wissen. Beispielsweise, wie das Wetter wird. Zum Glück
wohne ich in Hamburg und nicht im stickigen Stuttgart oder
im brutigen Saarbrücken. Sollte es jedoch selbst hier viehisch
heiß werden, lasse ich lieber die Finger bzw. Füße davon. Ich
verspüre nicht die geringste Lust aufgrund hektisch
eingeleiteter Reanimationsmaßnahmen im Krankenwagen,
den Zieleinlauf zu verpassen. Laufen bei Hitze ist einfach
nichts für mich. Ich habe es probiert. Ehrlich! Und zwar bei
diversen Trainingsläufen und Longjoggs in der letzten Zeit.
Und zu allem Unglück startet der Lauf aller Läufe statt am

kühlen Morgen erst abends um 19 Uhr. Ich kann mir nicht vorstellen, dass das gesund sein soll. Abgesehen von den hohen Ozonwerten und dem ganzen Staub, den man einatmet. Dazu kommen, bedingt durch die hohe Luftfeuchtigkeit, Blasen an den Füßen und scheuernde Nähte von Hose, Hemd und Sport-BH...

Ich freue mich auf den Halbmarathon, wirklich! Schließlich weiß ich, wofür ich das alles mache. Sobald man weiß, dass man das Ziel erreichen kann, will man auch wissen, wann. Und das heißt: trainieren, trainieren, trainieren. Keine Süßigkeiten, kein Alkohol – eben alles in etwa so machen, wie Paula Redcliffe, die amtierende Weltrekordhalterin im Marathon. Wenn ich mich daran orientiere, kann eigentlich nichts mehr schief gehen. Was Paula kann, kann ich auch – fand ich in einem Artikel über sie heraus. Na ja, zumindest, was die Dauer des Mittagsschlafs betrifft.

Sie sehen: Um für alle Eventualitäten vor und während des Laufes gewappnet zu sein, habe ich mich umfassend informiert. Dadurch bin ich vielleicht nicht schneller am Ziel, aber vor so mancher unliebsamen Überraschung gefeit. Aus diesem Grund war ich auch an einem affenheißen Tag für das Laufen bestens ausgerüstet: Ich hatte eine Flasche Wasser dabei. Irgendwann habe ich aus einem Laufmagazin erfahren, dass man das Trinken und Essen während des Laufens am besten vor einem Wettkampf ausprobieren sollte. Schließlich hat man, wenn's ernst wird, Besseres zu tun, als sich zu verschlucken. Das geht im Eifer des Gefechts sowieso oft schneller, als es einem lieb ist. Selbst die kleine Öffnung meiner Trainingsflasche war offensichtlich noch zu groß. Als erstes schwappte mir eine Riesenmenge Wasser in den Mund. Hust! Anschließend versuchte ich die eintretende Wassermenge mit Hilfe von Lippen, Zunge oder Zähnen, bergauf, bergab und auf gerader Strecke irgendwie zu reduzieren. Die perfekte Lösung habe ich dabei offensichtlich noch nicht gefunden. Das nächste Mal nehme ich eine Banane mit. Aber vielleicht ist das doch keine so gute Idee. Ein wenig ekelig, so ein angebissenes Ding mit mir rumzuschleppen. Und wie das aussieht: in der einen Hand die Wasserflasche, in der anderen die Banane. Und dann klingelt das Handy oder die Nase läuft. Vielleicht wäre einer der Spaziergänger mal eben behilflich...

Meine Euphorie ging so weit, dass ich irgendwann begann, auf eine mehr oder weniger realistische Endzeit für die 20,0975 km zu spekulieren. Als Basis der Berechnung rundete ich das beste Ergebnis meiner 17-Kilometer-Läufe großzügig ab. Wenn ich richtig gerechnet hatte, kämen dann noch genau 3,0975 km dazu. Die wirst du fliegen, das wuppst du! Locker! Denk' an die jubelnden Massen an der Strecke und an die anderen Läuferinnen und Läufer. Sie werden den Killerinstinkt in dir wecken! Mit welcher fiktiven, persönlichen Bestzeit ich geliebäugelt habe - pssst – das wird hier nicht verraten. Man kann ja nie wissen. Wer blamiert sich schon gerne? Da bin ich ausnahmsweise mal vernünftig. Außerdem bin ich abergläubisch und setze mein Glück nicht gern aufs Spiel. Apropos Glück: Die motivierte und äußerst engagierte Vorbereitung auf meinen ersten Halbmarathon wurde dann durch eine 14-tägige Verletzungspause abrupt beendet. Es war ein lauffreier Tag, aber ich ganz heiß darauf, mich zu bewegen: „Och, ne' kleine Runde mit dem Rad ist wohl drin." Dabei ist dann das passiert, was einem Athleten in der Wettkampfvorbereitung eigentlich nicht passieren dürfte. Ich bin mit dem rechten Fuß auf der gezackten Mountanbike-Pedale ausgerutscht und habe mir die vorwitzigen Stahlzähnchen in meine Achillessehne gerammt. Autsch! So ein verdammter Mist! Aus vollem Lauf ausgebremst werden – das ist nicht schön. Ich hatte mich so auf meinen ersten offiziellen Lauf gefreut! Meine Freunde waren bereits als Streckenposten eingeteilt. Jetzt ist alles vorbei. Die Wunde ist auch noch an einer so dämlichen Stelle, dass ich sie mir in geschlossenen Schuhen immer aufscheuern würde. Ist das höhere Gewalt? Ist da eine finstere Macht am Werk, die ihr hinterlistiges Spiel mit mir treibt? Schweren Herzens entscheide ich: Laufen läuft nicht. Mein einziger Trost: das Ende der Askese wird am gleichen Abend spontan und in trauter Runde begossen. Wir dezimieren dabei den recht üppigen Vorrat an isotonischen Getränken und frischem Obst, den mein gesunder Haushalt seit geraumer Zeit zu bieten hat. Ich kredenze Isoriñha, DextroColada, BananenDaiquiris und MultivitaminMaitais.

Nachdem ich längst wieder nüchtern und die Wunden fast verheilt sind, erhalte ich eines schönen Morgens eine SMS von meiner joggingverrückten Spanischlehrerin: „½-Marathon 14 diás despues – ½-Marathon 14 Tage später." Angeblich gibt es zum ursprünglichen Termin zu viele Parallelveranstaltungen, die mit der Laufstrecke kollidieren, wie es der Veranstalter erklärt. Klar, der Sponsor des Abends möchte natürlich sicher gehen, daß möglichst viele Zuschauer und Teilnehmer möglichst viel von seinem Bier genießen. Kommerz hin oder her – das ist ein Zeichen, eine höchst erfreuliche Fügung des Schicksals! Sofort meldet sich die Hoffnung zurück. Gleich Morgen früh drehe ich meine erste Trainings-Runde um den See. Es wird schon gehen. Mit etwas Glück ist es nicht zu heiß, zu schwül oder zu drückend. Wo ist noch mal das Anmeldeformular?

BITTE LÄCHELN

Ich bin heilfroh, wenn der Hamburg-Marathon endlich vorbei ist. Besonders deshalb, weil ich ihn nicht mitlaufen werde. Zumindest noch nicht in diesem Jahr. Und ehrlich gesagt, an den meisten Tagen reicht es mir auch voll und ganz, den anderen während meiner Runde um die Alster dabei zuzusehen, wie sie sich auf ihre 42, 195 km vorbereiten. Bis zum 27. April muss ich noch durchhalten. Dann ist es geschafft, und es kehrt wieder Ruhe und Gelassenheit auf meiner Trainingsstrecke am See ein.

Dass die Stimmung von einem Tag auf den anderen angespannter wurde und eine nervöse Unruhe dem doch eher gemütlichen Treiben wich, war bereits Ende Januar zu spüren. Weibliche Intuition? Nein, denn die Jungs und Mädels haben ganz offensichtlich das Tempo angezogen. Die Folge: ich werde noch häufiger überholt als sonst. Von Einzelkämpfern, kleinen und großen Pulks, von rechts und links zur gleichen Zeit. Das ist nicht schön. Da wurde nicht mehr nur mal so gelaufen, nein, das hatte plötzlich System,

Tempo und Biss. Und während ich sonst die meisten Läufer bei einer Runde zweimal sehe, treffe ich die Cracks gleich viermal pro Einheit. Das mag sie motivieren, mich nicht. Von „meinem" Läufer-Lars ist hier übrigens nicht die Rede. Der lässt sich seit geraumer Zeit erst gar nicht mehr blicken. Er will sich vermutlich von 30 Jahre älteren Frauen um halb sieben in der früh nicht in Grund und Boden rennen lassen. Das kann ich gut verstehen. Klar, auch ich hatte an einem guten Tag einmal für einen kurzen Augenblick daran gedacht, dieses Jahr bei <u>dem</u> Hamburger Sportereignis des Frühlings mitzulaufen.

Im Geiste sah ich mich schon mittendrin. Ich würde eine von den freundlichen Läuferinnen sein, die immer winken, die unablässig mit dem Kopf nicken, als würde ich die Leute alle kennen, und die Euphorie der Massen würde mich wie in einem gigantischen Rausch über die Ziellinie tragen. So in etwa muss es sein. Nur so kann man diese Vorherplackerei vergessen.

Als ehemalige Leistungssportlerin (Schwimmen, mit ein paar schönen Erfolgen) weiß ich, was es bedeutet, sich auf einen wichtigen Wettkampf oder eine neue Distanz vorzubereiten: schinden, knüppeln, quälen! Nur wenn man Schnelligkeit trainiert, wird man auch schneller. Nur wenn man Langstrecke absolviert, schafft man sie auch. Nur wenn man ans Limit geht, kann man über sich hinaus wachsen. Im Schongang kommt man nicht weit. Und vernünftiger Weise braucht alles seine Zeit.

Da gibt es zum Beispiel diese Leute, die sechs Wochen vor dem Marathon abends mit ihren Kumpels in der Kneipe beim 7. Bier plötzlich wetten: "Wenn ich den Marathon mitlaufe, hört Peter mit dem Rauchen auf." Oder Ole ißt keine Süßigkeiten mehr. Oder. Oder. Oder. Und je näher der Tag der Tage rückt, desto mehr steigt auch die Anspannung der Novizinnen und Novizen. Von der medizinischen Seite eines solchen Unterfangens mal ganz abgesehen, erlebe ich täglich, was es bedeuten kann, eine solche Wette abgeschlossen zu haben. Ich spreche von den Läufern, die plötzlich wie aus dem Nichts an der Hamburger Außenalster stehen. Geblendet vom Weiß ihrer brandneuen Laufschuhe haben sie keinen Blick übrig für die Schönheit der Morgenstunde. Die gucken nur stumpf nach unten. Und wie sie gucken. Die Münder verzerrt und sperrangelweit geöffnet, die Köpfe tomatenrot, die Augen zu kleinen Schlitzen verengt. Und dann geben sie Gas, was das neue Trainingszeug hält.

So einem ausgewachsenen Prachtexemplar bin ich neulich früh begegnet. Ich habe mich regelrecht erschreckt, als es auf einmal hinter meinem Rücken entsetzlich laut keuchte. Irritiert drehte ich mich um, und da kam er auch schon, der „Schildkröter" in seinem grauen Outfit. Von Armarbeit keine Spur und von effektivem Laufstil auch nicht. Und so kämpfte er sich mit seinen dezenten X-Beinen, den Kopf zwischen den Schultern und mit dem leichten Bauchpanzer auf seine Weise beachtlich vorwärts. Ein Stückchen weiter hing er dann über einem Brückengeländer und hustete sich die Seele aus dem Leib. Ich dachte, er müsste sterben und ich ihm erste Hilfe leisten. Aber dann musste er sich nur übergeben und das schaffte er prima ohne mich. Ich lief also einfach weiter. Ein wahrhaft eindrucksvoller Start in den Tag.

Ein anderer ernst trainierender „Strecken-Adonis" ist mir neulich abends begegnet. Ich war gerade gut gelaunt mit dem

Fahrrad zu einer Happy hour unterwegs. Vor mir trabte in lockerem Tempo ein junger, hochgewachsener, athletischer Mann, so einer, wie man das gerne hat. Als ich mit ihm auf einer Höhe war, registrierte ich nur seinen abcheckenden Seitenblick auf Mensch (mich) und Maschine (Mountainbike): Ist sie fit, macht sie mit? Blöde Frage, und das Rennen konnte beginnen! Die ersten Meter lag er vorn. Aber ich bin keine Spielverderberin, und ich holte auf. Bei Tachostand 24 km/h, waren wir wieder auf einer Linie. Mein schöner Gegner zeigte keine Gefühlsregung und zog gnadenlos seinen Spurt durch. Er machte auch keine Anstalten jemals wieder langsamer werden zu wollen. Ich hielt notgedrungen mit und tat so, als wäre es die leichteste Übung der Welt aber insgeheim war ich mir sicher: Mädchen, lange hälst du die Geschwindigkeit nicht mehr. Auf so eine Blamage konnte ich aber gut verzichten und ging zum Angriff über. Ich schenkte ihm mein strahlendstes Lächeln. Keine Reaktion. Ich legte einen drauf und sagte aufmunternd: „Na, junger Mann, noch was drin?!" Wieder Fehlanzeige. Und so überließ ich ihn mit einem souveränen, die letzten Kraftreserven ausschöpfenden Sprint, seinem bierernsten Schicksal. Hinter mir hörte ich mit Genugtuung, wie er mit einem herzerweichenden Seufzer sein Spurtprogramm beendete. Das hätte so ein schöner Trainingslauf für uns beide werden können, oder der Beginn einer wundervollen Freundschaft. Aber wer nicht will...

Und während die anderen gegen die 42,195 km in ihrem Kopf rennen, war für mich letzte Woche schlagartig das Rennen aus. Mein Gegner hieß 40,8 °C und steckte in meinem Körper. Grippe. Zack, bum, aus! Das Einzige, was bei mir noch lief, war meine Nase. Jetzt heißt es also Wadenwickel, Wärmeflasche und mindestens zwei Wochen kein Training. Danach dann langsam wieder anfangen. So werde ich am 27. April nur an der Strecke stehen. Irgendwo an der Alster und ich werde euch anfeuern, wenn ich dann schon wieder eine Stimme habe. Aber ich werde da sein und euch die Daumen drücken! Und im nächsten Jahr bin ich vielleicht mit dabei. Wer hart trainiert, der schafft das auch! Auch mit einem Lächeln.

DAS MORGENGRAUEN

Es gibt diese Tage, da hat man beim Aufwachen bereits das sichere Gefühl: Irgendwas ist heute anders. Es ist körperlich fast zu spüren und es meint: bleib' lieber liegen. Doch auf meine morgendliche Laufrunde um die Hamburger Außenalster möchte ich auf gar keinen Fall verzichten. Also raus aus dem warmen Bettchen und rein in die kalten Klamotten.

Als ich vor die Haustüre trete, weiß ich sofort, was so anders ist. Die Welt ist in einen dicken Herbstnebel gehüllt. Ich kann gerade mal die Straßenlaternen erahnen. Ich trabe los, und das Geräusch meiner Schritte wird von den gazeartigen, milchig-weißen Wänden um mich herum verschluckt und wie ein gedämpftes Echo wieder abgegeben. Außer mir ist keine Menschenseele unterwegs. Es ist feinstes Edgar-Wallace-Grusel-Wetter!

Je näher ich der Alster komme, desto dichter wird der Nebel. Von der Beleuchtung ist fast nichts mehr zu sehen. Mir ist unbehaglich. Das gegenüberliegende Ufer scheint von einem unheimlichen, schwarzen Loch verschluckt worden zu sein.

Die Bäume und Sträucher mit ihrem spärlichen Laub recken mit ihren fast nackten Ästen wie Totenfinger nach mir. Eine Gänsehaut läuft mir über den Rücken. Ist Halloween nicht schon vorbei?

Beim Stretchen lausche ich gebannt in die Finsternis. Nichts. Nicht einmal das übliche Brummen des Verkehrs. Plötzlich streift ein sanfter Lufthauch mein Gesicht. Aus den Augenwinkeln heraus sehe ich noch, wie etwas Schwarzes vorbei huscht. Panik! Mit einem leisen Rascheln landet der dunkle Gegenstand neben meinen Trainingsschuhen. Ein Blatt! Meine Nerven geben Alarmstufe rot. Vielleicht kenne ich zu viele Krimis und Horrorfilme? Nicht zu vergessen, meine Praktikantenzeit in der Gerichtsmedizin von Duisburg-Walsum. Seit dieser Zeit weiß ich, dass nichts so ist, wie es scheint. Ach, was soll's. Genug gefürchtet, jetzt wird gelaufen! Nach den ersten Metern stellt sich feiner Nieselregen ein. Er ist so zart, dass ich an einem feuchten Seidentuch entlang zu laufen scheine. Wo sind bloß die anderen? Ich beruhige mich: Wenn bei dem Wetter selbst die üblichen frühen Läufer passen, muss ich mir auch keine Gedanken über böse Buben machen, die im Dunkel der Nacht ihr Unwesen treiben. Aber so genau weiß man das nie. Da gab es doch diesen Überfall im Sommer. In der Zeitung stand: „Betrunkener stach Jogger nieder". Einfach so, ohne Grund. Tatzeit: 3 Uhr morgens. Tatort: Außenalster. Der Jogger überlebte, der Täter flüchtete unerkannt. Ich weiß noch genau, was ich zuerst dachte: „Oh, wie schrecklich, der Arme". Und als zweites: „Was joggt der Mann auch mitten in der Nacht?!" Nichts anderes wird man über mich denken, wenn ich auf mysteriöse Weise vom Erdboden verschwinde oder mir sonst was widerfährt.

Die Situation entspannt sich, als ich zum belebteren Teil der Strecke komme. Hier sind viele Autos, Straße und Weg gut beleuchtet. Doch nach dem helleren Teil kommt der dunklere. Das große, finstere Loch, das sich vor mir auftut, erinnert mich an einen riesigen Schlund. Während ich wacker darauf zulaufe, versuche ich mich krampfhaft auf etwas Schönes zu konzentrieren. Aber das gelingt nicht. Ich bin nämlich in Gedanken dabei jugendgefährdende C-Movie-Horror-Kostüme zu entwerfen. Schlagartig schrillt herzerweichendes Geschrei vom Wasser. Einer armen Seele von Blesshuhn oder

Ente geht es brutal an den Kragen. Das gute Tier kämpft, das Wasser platscht wild. Dann: Totenstille. Nur mein Herz pocht bis zum Hals. Als nächstes – fast auf gleicher Höhe von mir – höre ich, wie Ruder leise in die schwarze Masse Wasser getaucht werden. Mein Mund ist staubtrocken, ich schlucke und beschleunige das Tempo. Das Boot hält Kurs. Wie aus dem Nichts heraus kommt etwas hinter mir her gerannt. Laut stampfen die Füße, wenn es denn Füße sind. Der Atem des Wesens geht keuchend. Das war es, Augusta, denke ich. Jetzt krallen dich die Untoten, zerren dich in ihr Boot und nehmen dich für immer mit in ihr Unterwasserreich. Der Untote ist jedoch noch sehr lebendig und nicht an mir interessiert. Er joggt vorbei und droht vom Nebel verschluckt zu werden. Da hefte ich mich an seine Fersen. Der Mensch ist schließlich ein Herdentier – so fühlt man sich sicherer. Aber der läuft viel zu schnell für mich. Nach ein paar hundert Metern bin ich wieder mutterseelenallein. War da nicht ein Geräusch?

Auf der nächsten Brücke schimmert im Laternenschein ein Bootsanleger mit ein paar vergessenen Segelbooten durch den kalten nebligen Morgen. Aber was ist das? Schiebt sich da etwa das Boot der Untoten gespenstisch ins Bild? Meine Augen fokussieren die Stelle und geben dann Entwarnung: es ist ein Doppelvierer ohne Steuermann. Das reicht jetzt. Ich habe keine Nerven mehr. Ich will nur noch nach Hause. Und ich habe es auch fast geschafft. Nun ist der Weg von Laternen gesäumt. Um für meine potentiellen Feinde nicht zu erkennen zu sein, wechsel ich vorsorglich auf die dunklere Straßenseite. Auf Höhe des kleinen Parks stößt mir unvermittelt infernalischer Gestank entgegen. Wer einmal mit Leichen zu tun hatte, wie ich in der Gerichtsmedizin, dem gehen die begleitenden Gerüche der unterschiedlichen Zerfallsstadien nie mehr aus der Nase. Deshalb weiß ich: Hier liegt einer. Und zwar schon etwas länger. Es riecht danach. Nein, es stinkt! Ich gucke mich um, entdecke aber nichts. Mein Körper schüttet alles verfügbare Adrenalin aus. Ich verlasse den Weg und schaue unter den Sträuchern nach. Ich habe keine Angst. Denn wenn etwas so nach Verwesung riecht, ist der Täter schon längst über alle Berge. Es raschelt. Mir rutscht das Herz in die Hose. Es ist ein Hund. Wenig später schält sich sein

Herrchen aus der trüben Dunkelheit. Der meint: „Ja, ja, das riecht hier schon ein paar Tage so komisch".

Mit seinem Handy alarmiere ich die Polizei. Keine fünf Minuten später ist ein Streifenwagen da. Der mit den drei Sternen auf den Epauletten hat Schnupfen und riecht nichts. Der mit dem einen ist den ersten Tag im Einsatz. Toll, wenn ich schon mal 110 wähle! Mit Taschenlampen untersuchen wir das Gelände. Nichts. Über Funk wird Verstärkung geordert. Der nächste, ein erfahrener Kommissar, gibt mir recht: „Ja, das riecht wie lange gelegene Leiche." Wieder kriechen wir mit den Taschenlampen durchs Unterholz. Auf einmal ruft der Kommissar: „Da ist sie!" Ich stürze zu ihm. Und er zeigt kenntnisreich auf ein paar überreife, vor sich hinstinkende Morcheln, die er mit einem Stöckchen von den Stengeln kickt. Morchelmord?! Peinlich, peinlich. Aber unser Lachen hört sich sehr erleichtert an, an diesem grauen Morgen an der Außenalster.

KEINEN METER

Es sollte ein Schreiburlaub werden. Ich hatte die Idee für einen Roman im Kopf. Aber mit den ständigen Anrufen von Kunden oder Freunden, ewigen Email-Schreibereien und Terminen kam ich nicht so zum Schreiben, wie ich mir das erhofft hatte. Eine glückliche Fügung des Schicksals brachte mich dann in die neue Ferienwohnung meiner Freunde, die sie mir großzügig für – so lange du willst – überlassen hatten. Während es andere um die Osterzeit der Sonne entgegen nach Süden zog, reiste ich frohgemut dem Winter hinterher nach Nordosten. In einer schönen Wohnung mit Blick auf einen idyllischen See bezog ich mein Quartier. Kein Telefon, keine Emails und das Handy wacker ausgestellt, begebe ich mich in meine Schreibklausur. Am ersten Tag eine kleine Radtour um den See, am zweiten eine ins Nachbardorf. Das Wetter ist ganz stabil, die Sonne scheint, der Wind bläst und es ist kalt. Aber, was soll's. Ich hatte mir vorgenommen, während dieser Zeit auf gar keinen Fall zu joggen. Und das hatte genau zwei Gründe. Der erste: Seit geraumer Zeit zwickte es im rechten

Knie, da könnte eine Zwangspause nicht schaden. Und Grund Nr. zwei: Würde ich Joggen, so würde mich das doch mehr beschäftigen, als mir recht wäre. Ganz besonders, weil ja jede Strecke für mich Neuland wäre. Und am Ende würde ich nur wieder übers Joggen schreiben und nicht meinen Roman. Wenn ich Bewegung brauche, muss ich mich eben aufs Mountainbike schwingen oder spazieren gehen.

So trug es sich zu, dass ich am dritten Tag meiner selbsterwählten Einsamkeit im Nachbarort nach einem Internetcafé fragte. Die freundliche Dame aus der Tourist Information wies mir den Weg. Und der führte an einem Sportgeschäft entlang. Als aktiver Sportler ist man ja quasi konditioniert auf das blitzschnelle Abchecken der Schaufenster von Sportgeschäften. Im Vorbeigehen scannte ich die gesamte Auslage: Longtights für 50,- Euro, richtig gute Schuhe im Angebot für nur 55,- Euro. Nein, rief ich mich zur Ordnung. Das bringt nichts. Dein Knie zwickt. Und du hast auch nicht deine Super-Deluxe-Sport-Einlagen dabei. Dann kannst du auch keine Sportschuhe kaufen. Und wenn du sie dir doch kaufst, dann kannst du sie nicht ausprobieren, weil du keine anderen Sachen dabei hast. Es sei denn du fängst an, dir eine zweite Ausrüstung dazu zu kaufen. Angefangen beim Sport-BH über Socken bis hin zur Fleecemütze. Das wird teuer. Und außerdem wolltest du nicht laufen, zetert die innere Stimme. Nein! Nein! Nein!

Ein paar Tage später, das Wetter war schon seit Tagen regnerisch, hielt ich es nicht mehr aus und fuhr mit dem Auto in die nächste größere Stadt. Ich schlenderte über Kopfsteinpflaster an alten Fachwerkhäusern entlang und landete – dreimal dürfen Sie raten – in der Straße der Sportgeschäfte. Das kann kein Zufall sein, das ist ein Zeichen, frohlockte die Sportlerin in mir und widmete sich hingebungsvoll den Auslagen. Wie gut, dass heute Sonntag ist, meldete sich der Kassenwart. Ich überschlug kurz was ich für die Anschaffung eines kompletten Lauf-Outfits hier hinblättern müsste und verglich das Ergebnis mit dem, was mich der Spaß in Hamburg kosten würde. Volle 300-400,- Euro gespart! Wenn dieser Provinz-Bonus kein Argument ist. Du bist zum Schreiben hier und nicht zum sporteln, sagte die eine Stimme in mir. Aber so viel kann ein bisschen Laufen schon nicht ablenken, die andere Stimme. Und das Knie? Zeterte die erste. Aber was du alles momentan sparst, weil du nicht die Nächte in Bars, Restaurants, Theatern oder Kinos abhängst – ein supergutes Argument! Ein wenig Mäßigung stünde dir gut zu Gesicht, meine Liebe... Ja, ja... Also löste ich mich schweren Herzens von den Auslagen der Sportgeschäfte und spazierte weiter. Irgendwann kam ich zum Seeufer und ging mit schnellen Schritten. Regen setzte ein. Die einzigen, die mir entgegen kamen, waren ein paar Herrchen und Frauchen mit ihren vierbeinigen Gefährten. Die müssen raus, egal, bei welchem Wetter. Dann gab es noch ein paar Paare und mehrere Gruppen mit Frauen. Einzelne Männer oder Männergruppen Fehlanzeige. Gehen Männer nicht gerne bei Regen spazieren? Das wäre mal eine interessante Untersuchung. Achten Sie das nächste Mal darauf. Der Regen wurde immer dichter und mir kam auch schon lange Zeit niemand mehr entgegen. Aber dann höre ich das vertraute Geräusch von Joggingschuhen auf quietsch-feuchten Modder. Und zum Vorschein kommt eine klatschnasse Joggerin, die glücklich von einem Ohr bis zum anderen grinst. Morgen wird die Ausrüstung gekauft und damit basta! Ende der Diskussion!

1983

Es ist soweit: Das nächste Klassentreffen steht an! Sind etwa schon wieder fünf Jahre rum? Wir bringen es bereits zum vierten Wiedersehen nach dem Abitur. Macht also: 20 Jahre. Die Organisatorin des denkwürdigen Ereignisses ist eine schlaue Frau – die Einladung flattert deshalb ein halbes Jahr vorher ins Haus. Also genügend Zeit, sich physisch und psychisch auf Vordermann zu bringen. Hier ein paar Kilo weniger, da etwas Fett absaugen, ein Liflting, eine Injektion mit Botox... Dank meiner regelmäßigen Laufrunden um die Hamburger Außenalster fühle ich mich auf der sicheren Seite – sprich ich wähne mich im oberen Drittel derjenigen, denen die Zeichen der Zeit nicht übel mitgespielt haben. Durch die Bewegung an der frischen Luft sind die Wangen rosig und Bauch, Beine, Po ganz gut in Form. Prävention ist das Zauberwort. Arterienverkalkung, Cellulite & Co. brauchen hier gar nicht erst anklopfen. Das lasse ich mir nicht zweimal sagen und drehe gleich eine Jogging-Runde um die Hamburger Außenalster!

Jetzt bin ich länger aus der Schule raus, als es dauerte, das Abitur zu machen. Ich rechne: 19 plus 20 =... Hm, wenn ich gute 80 Jahre alt werden sollte, hätte ich nun so gut wie die Hälfte meines Lebens herum. Und zwar definitiv die Hälfte mit dem größeren Spaßfaktor. Noch bremsen mich keine geriatrischen Wehwehchen. Aber wie lange geht das noch gut? Und vor allem: Was habe ich für eine Perspektive? Menopause, Hängebusen, Demenz, Inkontinenz... Da kommt so ein Klassentreffen wie gerufen. Kann man gleich mal sehen, wo man steht. Wer hat mehr Falten? Wer ist aus dem Leim gegangen? Und: Sehen wirklich alle, alle, alle älter aus, als ich?

Von Hamburg aus geht es gen Süden. In die alte Heimat, denke ich in einem Anfall von Sentimentalität. Ja, ja, der Ruhrpott. 13 Jahre habe ich dort verbracht – meine gesamte Schulzeit. Das wird eine Sentimental Journey in meine Vergangenheit. Und weil ich im Training bleiben möchte, packe ich meine Laufsachen ein.

In der elterlichen Wohnung angekommen, betrete ich so eine Art Zeitmaschine. Sie katapultiert mich gnadenlos in die Vergangenheit. Das Gerät bleibt im Jahr 1983 stehen. Hier ist noch alles so, wie es bei meinem Auszug nach dem Abitur war. Ich schleppe meine Tasche in mein altes Kinderzimmer. Im Bücherregal stehen Der kleine Hobbit, Der kleine Prinz, die Hermann-Hesse Gesamtedition und Die Blechtrommel. Es fühlt sich an, wie ein Jackett, das an den Schultern zu eng und an den Ärmeln zu kurz geworden ist. A propos: Im Schrank hängt doch noch tatsächlich das Meisterwerk mütterlicher Schneiderkunst: der Rock für meinen Abiball. Was für eine Barbietaille ich einmal hatte! Lang, lang ist's her. Den kann ich jedenfalls morgen Abend nicht anziehen. Zur Begrüßung steht erfreulicher Weise ein Fläschchen Prosecco auf Eis. 1983 gefällt mir momentan ganz gut. Ein Prosit auf die Jugend – die Wespentaille ist eh schon futsch!

Gleich am nächsten Morgen schnappe ich mir die Laufschuhe. Wer die Zeichen der Zeit dauerhaft aufhalten will, muss auch regelmäßig etwas dafür tun. Es soll trotzdem eine lockere Runde werden. Schließlich möchte ich beim Klassentreffen am Abend dynamisch und energiegeladen mein Fähnchen hochhalten. Aus diesem Grund habe ich mir die alte Strecke vorgenommen. Die bin ich früher immer vor der Schule gelaufen. Kann also nicht so heftig sein. Stimmung und Kondition sind hervorragend. Und so trabe ich los. Irgendwie komisch, mal nicht an meiner Außenalster zu laufen. Außerdem kenne ich auch keinen, der mir entgegenkommt. Aber es kommt mir auch keiner entgegen. Unheimlich! Wo sind nur die Leute an einem Samstag früh um 7 Uhr? Ich laufe am alten Friedhof entlang und dann geht es auch schon in den Park. Hoppla! War der Berg früher schon da? Die Erinnerung kommt bruchstückhaft zurück. Das hier war sogar deine erste Spurteinheit der Strecke, Schätzken. Bergauf! Ich ziehe den imaginären Hut vor meinem jugendlich-sportlichen Ich. Ich glaube, ich bin heute eine andere. Definitiv. Insgeheim beginne ich die Zeitmaschine zu hassen. Wenn sie mich schon ins Jahr 1983 beamt, dann auch bitte richtig! Also mit allem drum und dran. Aber ich stecke ganz offensichtlich in dem Körper fest, in dem ich seit 40 Jahren zu Hause bin. Vielleicht sollte ich es langsamer angehen lassen... Pfui, Augusta! Nie hätte ich gedacht, dass ich so etwas einmal denken würde. Aber mal ehrlich, solche Berge haben wir in Hamburg wirklich nicht. Gleich bin ich oben. Ich keuche wie ein Walross. Da vorne kommt links eine kleine Stichstraße. Ich könnte das Ganze elegant abkürzen. Aber so leicht lasse ich mich nicht ins Bockshorn jagen. Zeitmaschine, Du kannst mich mal gern haben! Nein, nein, nein! Ich bin nicht gnädig mit mir. Schließlich möchte ich ja mit meinem sportlichen Tun die Zeichen der Zeit aufhalten. Schicksal ergeben laufe ich weiter. Es ist übrigens immer noch keiner unterwegs. Mit den ganzen Bergen um mich herum wundert mich das jetzt aber nicht mehr so. Meine Gedanken biegen ab. Nach 1983. Wenn man ein richtig gutes Sport-Outfit haben wollte, achtete man darauf, dass es aus 100% Baumwolle war. Die Socken hießen Tennissocken, waren aus weißem Frottee und hatten einen roten und blauen Streifen am Bündchen. Ich trabe auf meinen alten Pfaden, es geht über eine Brücke und in den nächsten Park. Die Bäume sind mächtig und alt. Vielleicht erinnern die sich an mich, wie ich hier früher entlanggesaust bin. Aber mit meinen ergonomisch geformten Running-Socks und in bilingualen Laufklamotten mit allgemeiner Hochschulreife erkennt mich eh keine Sau. Hach ja, allmählich fange ich an, meine morgendliche Runde durch die Vergangenheit zu genießen.

Am Abend dann: Highnoon der Eitelkeiten. Ich frage mich: Wer sind all die Erwachsenen? Einige erkenne ich auf den ersten Blick, von einigen weiß ich sogar noch die Namen. Aber der große Rest? Irgendwer hat einen Beamer mitgebracht und zeigt Bilder von damals. Das Gelächter ist groß. Ja, auf den Fotos erkenne ich nahezu alle wieder. Im großen Vergleich muss ich feststellen: So richtig verändert hat sich keiner. Die Netten sind immer noch nett. Die Dicken sind meist noch dicker geworden. Die Doofen sind und bleiben doof. Und die Kotzbrocken – Abitur sei Dank! – die sehe ich frühestens in fünf Jahren wieder. Und die Falten? Die einen mehr, die anderen weniger. Letztlich ist das ganz egal. Mein Fazit: Ich bin mit mir höchst zufrieden! Und damit das so bleibt nehme ich mir vor: Gleich morgen früh drehe ich noch mal eine Runde. Und bei den Bergen, da gebe ich richtig Gas. Das nächste Klassentreffen kommt bestimmt!

FINAL COUNTDOWN 1

Zuerst war ich verletzt und musste meinen Traum vom Start beim Hamburger Halbmarathon schweren Herzens begraben. Mein erster Laufwettbewerb überhaupt – mal abgesehen von den Bundesjugendspielen. Dann hatte der Veranstalter überraschenderweise den Termin nach hinten verschoben. Sofort keimte in mir die Hoffnung, doch dabei sein zu können. Einzige Frage: Bist du rechtzeitig fit oder nicht? Bis zum letzten Tag der Anmeldefrist habe ich die Entscheidung hinausgezögert. Aber wie das Leben so spielt, besonders, wenn man es richtig eilig hat, hat es dann doch fast nicht geklappt.

Auf dem Anmeldeformular steht, dass man die Startgebühr am besten per einmaliger Kontovollmacht einziehen lassen soll – in der größten Not ginge aber auch „ein dem „Fensterumschlag" beigelegter Scheck." Aha. Da ich keine Freundin von Einzugsermächtigungen an mir unbekannte Personen bin, kreuze ich „Scheck" an. Nur hatte ich davon keinen mehr. Ich musste also zur Bank. Doch die hatte, wie konnte es anders sein, ausgerechnet an diesem Tag wegen

Umbaus geschlossen. Toll! Zeit eine andere Filiale anzusteuern, gab es natürlich auch nicht. Es war kurz vor 16 Uhr. Mist, verdammter! Ein Zeichen? Wenn ja, egal, ich habe es ignoriert und missmutig die Vollmacht für mein Konto erteilt. Das Ergebnis: Eine schöne vollgekrickelte und durchgestrichene Anmeldung – einen Supereindruck macht das!

Wenigstens auf die Post ist ausnahmsweise Verlass: Der große gelbe Kasten stand tatsächlich da, wo er auch stehen sollte und schluckte artig meinen abergläubisch dreimal bespuckten Brief. Immerhin, die erste Hürde ist geschafft! Der Countdown kann beginnen. In meinem Glück rufe ich gleich einen Bekannten an, von dem ich weiss, dass er keinen Startschuss auslässt. Sein Name: Tom. Tom, das Tempo-Tier. Und Bingo, er hat sich auch angemeldet. Prima, jetzt bin ich nicht mehr allein!

Noch 12 Tage: Mein insgesamt dritter 17-Kilometer-Lauf soll auch der letzte Long-Jogg vor dem Halbmarathon werden. Das Wissen, es bereits zweimal geschafft zu haben, lässt an einem wunderbar klaren und sonnigen Morgen erst gar keine destruktiven Gedanken aufkommen. An das Trinken während des Laufens gewöhne ich mich auch. Die Stimmung: optimistisch bis übermütig! Tom meint: „Weiter so!"

Noch 10 Tage: Nach einem Ruhetag drehe ich morgens meine „normale" 9-Kilometer-Runde. Aber irgendwie kommt mir die Strecke mindestens doppelt so lang vor. Bleifüße und Schnauferei demotivieren mich aufs Äußerste! Da stellt der alte Schleifer in mir gnadenlos bei jedem Schritt die Teilnahme am Wettkampf in Frage. Verzweifelt suche ich nach dem Off-Schalter fürs Hirn. So wird das nie was! Tom beruhigt: „Das ist normal!"

Noch 8 Tage: Die Nervosität steigt. Nicht zuletzt deshalb, weil ich allen, ob sie es hören wollen oder nicht, erzähle, welchen Wahnsinn ich in nicht allzu ferner Zukunft – genauer gesagt auf den Tag genau in einer Woche – zu tun gedenke. Da muss ich mich auch nicht wundern, wenn Reaktionen kommen: „Schon die Krankenkassenkarte ans Trikot genäht?" Oder: „Dein Lieblings-Rettungsunternehmen bereits geordert?"

Oder: „Na, Testament unter Dach und Fach?" Tom: „Die haben alle keine Ahnung!"

Noch 7 Tage: Da ich noch nie abends gelaufen bin, der Halbmarathon aber um 19 Uhr startet, probe ich den Ernstfall. Ich habe mir dafür einen bedeckten Tag ausgesucht. Es ist stickig, heiß und staubig. Also optimale Voraussetzungen für eine Power-Runde. Die zig Grillschwaden von den Alsterwiesen, die den Weg in meine Vegetarierinnen-Nase finden, tun das ihre, dass dieser Lauf nicht zu meinen Top-10 zählen wird. Verbucht unter der Rubrik „Erfahrung". Beim Halbmarathon, rede ich mir ein, sitzen die Leute nicht gemütlich im Gras zum Grillen und Chillen. Die stehen am Straßenrand und jubeln dir zu. Wart' nur ab! Tom: „Brav!"

Noch 5 Tage: Wieder und wieder habe ich mir auf dem Stadtplan den Streckenverlauf ins Hirn gescannt. Nicht, daß ich Angst hätte, mich zu verlaufen. Aber irgendwie kommen mir plötzlich Zweifel, ob der Länge. Sooft ich mir die Karte auch vornehme, mir schwant, die Strecke ist erheblich länger, als 20,0975 km. Sie mit Auto oder Fahrrad abzufahren erscheint mir etwas übertrieben. Das Ganze lässt mir aber keine Ruhe. Also hole ich mir schließlich einen Bindfaden und messe nach: satte 25 Kilometer! Skandal! Tom: „Augusta, das ist eine amtlich vermessene Strecke." Wenn sich der Veranstalter sogar im Datum irrt, würde es mich nicht wundern, wenn er sich ein weiteres Mal beim Vermessen der Strecke geirrt hätte. An der Genauigkeit meines Stadtplans argwöhne ich nicht. Selbst dann nicht, als der junge Erbe und Inhaber dieser Firma wegen unsauberer Geschäfte in U-Haft genommen wird. Die Legende lügt nicht. Punkt! Tom und ich wetten um ein kühles, großes Bier.

Noch 3 Tage: „Die weiteren Aussichten," laut Wetterbericht, „es bleibt hochsommerlich heiß mit Temperaturen bis 35 Grad." Morgens gegen 6 Uhr absolviere ich meinen letzten 9-Kilometer-Jogg. Tom: „Wie, du trainierst nicht einen Tag vor dem Wettkampf? Dass genau das der Bringer ist, kannst du überall lesen!" Ach, was weiss die Wissenschaft schon von der Regenerationsgeschwindigkeit meiner Beine?!

Noch 2 Tage: Ruhe ist wichtig, viel Ruhe, kann man auch immer wieder lesen. Also nehme ich mir den Tag frei. Ich fahre bei bestem Sommerwetter zur Nordsee. Schön im Sand spazieren, schwimmen und in der Sonne aalen. Entspannung pur! Abends bin ich allerdings ganz schön platt. Mir schwant, dass ein Tag auf meinem schattigen Sofa vielleicht besser gewesen wäre. Tom: „Wird schon!"

Noch 1 Tag: Auch das steht überall: Vor dem großen Lauf sollte man die Kohlehydratspeicher randvoll machen. Am besten mit Nudeln. Deshalb verzehren meine Freunde, Tom und ich die Henkersmahlzeit auf der Terrasse unseres Lieblingsitalieners. Es ist ein lauer Abend, die Pasta göttlich, meine Apfelsaftschorle fast in der gleichen Farbe, wie der Weißwein der anderen und mein Appetit – na ja, nicht ganz so gut, wie sonst. Sie bohren: „Und, schon nervös?" Ich: „Och, i wo, nö, also, das mache ich doch ganz locker!" und dabei fällt mein Blick auf die Armbanduhr eines Gastes am Nachbartisch, 20:07:04 Uhr. Uiii, denke ich, morgen um die Zeit ist der erste bestimmt schon im Ziel, Tom unerheblich später. Und du hast noch die Hälfte vor dir. Wieso mache ich das überhaupt?! Tom: „Weil es absolut gigantisch ist, das Größte überhaupt".

FINAL COUNTDOWN 2

Es ist 8:30 Uhr am Tag der Tage. Vom Aufwachen bis zum Start meines ersten Halbmarathons sind es noch exakt 10,5 Stunden. In dieser Zeit gibt es einiges zu erledigen. Aber vor allem gilt es, nichts zu tun, was die Kondition beeinträchtigen könnte. Schließlich ist praller Sonnenschein und sind bereits jetzt schon 23 °C! Hoffentlich gibt es genügend Wasser und Sanitäter auf der Strecke.

Noch 10 Stunden: 23, 5 °C. Bei den Frühstückstipps vor morgendlichen Marathonläufen herrscht Einigkeit: auf alle Fälle leicht. Darüber, wie ökotrophologisch sinnvoll sich abendliche Halbmarathonläuferinnen stärken sollen, finde ich nirgends etwas. Ich denke mir meinen Teil und entscheide: Rührei, Brötchen, Käse, Obst. Hoffentlich geht das gut. Mein Horoskop sagt: „Suchen Sie sich mit Ihrer Hängematte ein schattiges Plätzchen!" Das fehlt mir gerade noch.

Noch 9 Stunden: 25, 6 °C. Kein Lüftchen regt sich. Zu den Dingen, die keinen Aufschub dulden, zählt das Abholen der Startunterlagen. Ich könnte es auch, wie mein versierter

Laufkamerad Tom, kurz vor dem Start machen. Doch es handelt sich immerhin um meine Lauf-Premiere, und da sollte nichts dem Zufall überlassen bleiben. Außerdem sind Startnummern und Chip per Fahrrad schnell erreicht. Vor Ort ist alles tip-top organisiert, inklusive Sicherheitsnadeln für das Anbringen der Startnummern.

Noch 8 Stunden: 28 °C. Das wird ein verdammt heißer Tag. Auf dem Rückweg bekommt der vernünftige Teil in mir ein wenig kalte Füße. Die „Augen-zu-und-durch"-Fraktion hält dagegen: „Wer 17 Kilometer packt, der schafft auch 20,0975!" Das sagt auch „der Walkman", ein sympathischer Spaziergänger, den ich oft bei meinen Trainingsrunden an der Alster treffe. Je mehr Leute mir die Daumen drücken, desto besser!

Was erwarte ich eigentlich: Super-Zeit? Glückwunsch vom Bürgermeister? Nominierung für Athen 2004? Aber mal ehrlich: Was kann man sich von einem „Ersten Mal" schon großartig erträumen? Eben – alles, aber am besten davon nicht zu viel. Bei meinem allerersten Wettkampf überhaupt war ich

8 Jahre alt. Mark Spitz hatte gerade bei der Olympiade in München seine legendären sechs Goldmedaillen abgeräumt. Ich wollte ihm auf das oberste Treppchen folgen und wurde Mitglied in einem Schwimmverein. 14 Tage später stand bereits die erste offizielle Entscheidung an: 100m Brust. Peng! Alle in meinem Lauf stürzten sich kopfüber in die Fluten. Ich nicht. Ich startete mit der bewährten Technik des Fußsprungs. Dennoch schlug ich als Dritte an. Was für ein vielversprechender Auftakt in eine außergewöhnliche Sportkarriere! Bleibt für heute also nur die Hoffnung, mich nicht zu blamieren. Und so korrigiere ich meine Erwartungshaltung auf: Durchhalten! Ankommen! Glücklich sein!

Noch 7 Stunden: 30 °C. Meine Startnummern, eine große für den Oberkörper und eine kleine für den Oberschenkel, sind aus Papier. Haben die sich das auch gut überlegt? Wenn der Schweiß in Strömen rinnt, gehen die doch kaputt, fallen ab und ich werde disqualifiziert. Das gibt dann aber ein Riesen-Donnerwetter! Empört rufe ich bei meinem Laufkumpel Tom an. Tom: „Die Dinger halten, die kriegst selbst du nicht kaputt!"

Noch 6, 5 Stunden: 32 °C. Was ziehe ich an? Am besten Dunkelblau. Das steht mir nämlich nicht nur gut, da sieht man auch nicht so, wenn ich schwitze. Kurze Hose und kurzärmeliges T-Shirt. Perfekt! Nur gibt es da leider ein logistisches Problem: Es sind je eine Packung Traubenzucker und eine mit Papiertaschentüchern zu transportieren. Beide müssen mit! Es ist mir schleierhaft, wieso Laufklamotten nicht mehr Taschen haben. Das Minitäschchen meiner Hose ist jedenfalls mit zwei Täfelchen Traubenzucker prall gefüllt. Also gut, dann kommt das langärmelige Shirt zum Einsatz, und in einen Ärmel stopfe ich die Taschentücher. Man weiß ja nie, wie das mit den Dixiklos unterwegs so ist.

Noch 5 Stunden: 33 °C. Wohin mit der großen Startnummer? Wie die Topläuferinnen quer über die flache Brust? Vor dem Spiegel justiere ich meine „3425" und befestige sie vorsichtig mit Sicherheitsnadeln. Beim Probelauf durch den Flur, auf den Spiegel zu, steht sofort fest: Mit Körbchengröße C wirkt das alles andere als vorteilhaft. Also darunter, auf den Bauch? Ja, schon besser, aber bitte gerade. Auf den linken Oberschenkel soll die kleine Nummer – für das Foto im

Zieleinlauf. Bei den kurzen Hosenbeinen bleibt nicht viel Auswahlfläche. Ein Anruf bei Tom zur Lage der Person. Er: „Meine Güte, mach die dämlichen Dinger drauf und gut is!"

Noch 4 Stunden: 33, 5 °C. Ein Blick auf die Uhr: Höchste Zeit, dem Beispiel der amtierenden Weltrekordhalterin im Marathon, Paula Redcliffe, zu folgen. Ich mache einen schönen langen Mittagsschlaf.

Noch 2 1/2 Stunden: 34 °C. Letzte Nahrungsaufnahme vor dem Start: Eine Banane. In Ermangelung eines Spezialgürtels gehe ich ohne Wasser und Obst ins Rennen. Schließlich soll es – laut Infoblatt – vier Wasser- und zwei Verpflegungsstationen geben. Bis der Startschuss fällt, werde ich mit einer 1, 5l-Flasche Wasser auskommen. Und so mache ich mich allmählich auf den Weg.

Der Hamburger Halbmarathon ist ein Point-to-Point-Rennen. Im Ziel treffe ich Tom. Ich bin jetzt schon schweißgebadet. Wir sitzen im Schatten, überprüfen die Klettverschlüsse unserer Chips und begucken das bunte Treiben. Ich trinke und trinke. Ein Wahnsinn, in der prallen Sonne gleich durch die glühende Stadt zu wetzen! Tom: „Das wird schon!"

Noch eine Stunde: 35 °C. Wir nehmen den Shuttlebus zum Startpunkt. Er ist voll, stickig und es herrscht ein unglaubliches Geschnatter. Ich lausche und schmore still vor mich hin. Wo die schon überall gelaufen sind – bin ich die einzige Anfängerin? Ich habe Durst. In meiner Wasserflasche ist fast nichts mehr drin. Gutes Timing! Auf der Strecke gibt es ja ausreichend Wasser, wie der Veranstalter eben noch per Lautsprecher versichert hat. Warmlaufen ist angesichts der Hitze irgendwie doof – machen wir aber trotzdem. Nach dem Stretching verschwindet Tom ins Profilager. Ich mustere die anderen aus meinem Startfeld. Irgendwie sehen alle fit aus. Werde ich die letzte sein? Plötzlich stürmt eine dunkelhaarige Frau auf mich zu: „Hola, que tal?" Was für eine Überraschung (qué sorpresa): meine Spanischlehrerin. Ihr habe ich es zu verdanken, dass ich jetzt da stehe, wo ich stehe. Sie hatte mir sogar das Anmeldeformular gefaxt. Sie schafft die Distanz unter 2 Stunden. Ich nicht, es sei denn, es passiert ein Wunder. Dennoch zieht sie mich in ihr Startfeld. Ich bin jetzt ganz ruhig. Volle Konzentration. Die Aufregung hat sich in Luft aufgelöst. Und die ist schwül. Jetzt soll es endlich losgehen. Ich kann es kaum erwarten, die erste Wasserstelle zu erreichen. Bin gespannt, ob das stimmt, was Tom sagte, bevor er ging: „Im Ziel, das wird besser als jeder Orgasmus!"

FINAL COUNTDOWN 3

Da stehe ich nun mit einer „3425" auf dem Bauch und warte auf den Startschuss zu meinem ersten Halbmarathon. Ich werde an atemberaubenden Kulissen entlang laufen: am Hamburger Hafen, der Speicherstadt und meiner geliebten Außenalster. Eskortiert durch das Spalier tobender Zuschauer. So in etwa stelle ich mir das vor. Vielleicht wird es auch, wie mein erfahrener Mitläufer Tom prophezeit: „Im Ziel, das wird besser als jeder Orgasmus!" Wenn dem so ist, wird das, was jetzt kommt, ein verdammt langes Vorspiel. Oder Tom hat eine eigenartige Vorstellung von Sex.

Noch 20,0975 Kilometer: 2.500 Läuferinnen und Läufer sind gemeldet. Und ich mittendrin. Ich bin entschlossen, alles zu geben. Die Bedingungen: tropisch schwül bei ca. 35° C. Ich habe Durst. Aber egal, in fünf Kilometern ist die erste Wasserstelle, kam eben über Lautsprecher. Dann setzt sich die Meute in Bewegung.

Noch 19,5 Kilometer: Ein paar Zuschauer feuern uns an. Wohlige Gänsehaut macht sich breit. Jetzt geht es auf der

Reeperbahn ein langes Stück bergauf. Mist, so durstig war ich noch nie! Kinder spielen Abklatschen. Ihre Energie geht auf mich über. Die Stimmung ist bestens. So kann es weiter gehen! Tom, du könntest Recht haben...

Noch 18, 7 Kilometer: Neben mir trabt meine sportliche Spanischlehrerin. Wobei schweben das treffendere Wort wäre. Scheinbar mühelos setzt sie einen Fuß vor den anderen. Sie erzählt von ihrem Halbmarathon in Madrid. Da war deutlich mehr los an der Strecke. Ja, richtig, wo sind die ganzen Trauben von Begeisterten, die uns mit frenetischem Beifall ins Ziel katapultieren sollen? Klare Sache: Die kühlen ihre Kehlen in schattigen Biergärten. Vor lauter Durst klebt mir die pelzige Zunge am Gaumen. Der Señora nicht. Sie ist im Rekord-Fieber. Adios – und weg ist sie. Vor meinem geistigen Auge erscheinen eingefallene Kadaver verdursteter Tiere, verendet an versickerten Wasserstellen in der Sahara. Wie lange hält man es ohne Wasser aus? Verursacht akute Dehydrierung bleibende Schäden? Wenn ja, welche? Tom, wir müssen reden!

Noch 15, 95 Kilometer: Plötzlich tauchen in der flirrenden Luft grüne Palmen auf. Eine Oase inmitten der Asphaltwüste? Ich höre förmlich die fröhlichen Stimmen der Helfer und das Plätschern der Quelle mit ihrem kühlen Nass. Und dann sind da noch Tische, die sich unter der Last der Becher und Bananen zu biegen scheinen. Das muss die erste Verpflegungsstation sein. Ich bin gerettet! Doch je näher ich komme, desto klarer wird: das war eine Fata Morgana. Die Palmen sind eigentlich Kastanienbäume, deren verschrumpelte Blätter durch Milben und Hitze zerbröseln. Weder Helfer noch frisch gefüllte Becher oder Bananen sind zu sehen. Einzig der Wasserstrahl der Feuerwehr sprudelt munter vor sich hin – umringt von ungeduldigen und durstigen Läufern. Ich habe genau zwei Möglichkeiten: durstig weiterlaufen oder einen der benutzten Becher von der Straße klauben. Der Überlebenstrieb siegt. Ich brauche Wasser und stelle mich brav ans Ende der Schlange. Das kostet wertvolle Minuten! Was stand noch gleich auf dem Infoblatt: „Es gibt ausreichend Wasser und Obst." Mir jagen Gedanken durchs Hirn, die allesamt mit „Hätte" beginnen. Einer davon:

Hätte ich das geahnt, dann wäre ich mit einem dieser Bauchgürtel samt Trinkflaschen und Bananenstauden an den Start gegangen. So habe ich lediglich zwei Täfelchen Traubenzucker dabei – meine eiserne Reserve. Tom, so geht das nicht!

Noch 13 Kilometer: Die halluzinierende Wirkung des Laufens ist mir neu. Deshalb muss ich höllisch aufpassen, an der vereinbarten Stelle nicht auf Wildfremde, sondern auf meine Freunde zuzurasen. Sie jubeln und bannen mein tomatenrotes Gesicht mit ca. 5 Mio Pixeln in ihre neue Digitalkamera. Das motiviert. Da überhole ich doch gleich mal 20 Leute. Tom, ich nehme alles zurück. Du hast ja so Recht!

Noch 10 Kilometer: Wenig später erreiche ich den Hafen. Aber der interessiert mich nicht. Was zählt: die Hälfte der Strecke ist geschafft. Noch wichtiger: Wasserstelle Nr. 2. Es gibt sogar frische Becher – „Nein, nicht frisch, aufgehoben." Und Bananen? „Nö!" Oh weija!

Noch 8 Kilometer: Die Zahl der Voyeure, die sich an unserem Leid ergötzen, schrumpft gen Null. Bei mir, im hinteren Drittel des Feldes, ist es recht einsam. Plötzlich wummert von irgendwoher Musik. Moment mal, das ist doch das Lied „The final countdown". Und dann entdecke ich sie: in der dritten Etage tanzt eine Frau allein auf ihrem Balkon und beklatscht uns Halbmarathonis! Danke! Tom, hast du das gesehen?!

Noch 7 Kilometer: Zeit für einen kleinen Imbiss: das erste der beiden Traubenzuckertäfelchen ist fällig. Kommt auch genau richtig, denn gleich keule ich die Hammersteigung zum Hauptbahnhof hoch. Das krümelt und staubt im Mund. Jetzt bloß nicht verschlucken. Oben angekommen ist die zweite Ration dran. Nun ist alles aufgebraucht. Jetzt muss ich sehen, wie ich klar komme. Tom, das ist das lausigste Vorspiel meines Lebens!

Noch 5 Kilometer: An Wasserstelle Nr. 3 gibt es nichts zu meckern. Doch echte Freude will sich nicht einstellen. Kein Wasser der Welt kann meinen Durst löschen. Und das leichte Zwicken in der Hüfte ist wohl auch keine Einbildung. Ausgerechnet jetzt laufe ich fast an meiner Wohnung vorbei. Noch ein Satz mit „Hätte": Was wäre, wenn ich meinen Hausschlüssel dabei hätte...

Noch 4 Kilometer: Seit kurzem laufe ich nicht mehr allein. Ein Mann hat sich zu mir gesellt. Er behauptet: „Das macht doch total viel Spaß!" Sofort schnellt mein skeptischer Blick zur Seite. Während ich ihn so betrachte, kommen mir berechtigte Zweifel ob seiner Glaubwürdigkeit. Es sei denn, er ist masochistisch veranlagt. Wie Tom. Dann würde es natürlich stimmen, was er sagt.

Noch 3 Kilometer: Jetzt käme mir ein Runner's High bis ins Ziel sehr gelegen. Aber heute geht anscheinend nichts nach meiner Nase. Mein Mitläufer hingegen ist bestens ausgerüstet. Er verputzt eine Gelportion nach der nächsten und „spült", wie er so schön sagt, ordentlich mit Apfelsaftschorle nach – auf die er schwört. Wohl bekommt's!

Noch 1, 5 Kilometer: Ich versuche weder an meine staubtrockene Kehle noch an die piesackende Hüfte zu denken. Bei Wasserstation Nr. 4 erspähe ich einen treuen Fan: meinen „Walkman". Er hat seinen abendlichen Alsterspaziergang unterbrochen und drückt mir ungefragt einen Becher Wasser in die Hand. Danke, das tut gut!

Noch 600 Meter: Endspurt. Bergauf. Da geht noch was. Die Anspannung fällt von mir ab. Mit jedem Schritt mehr. Ich lache, bin glücklich. Und dann, nach Überschreiten der Ziellinie und einigen Wassereimern später sind alle Strapazen vergessen. Was für ein Wahnsinnslauf! Es ist nicht ...„besser, als jeder Orgasmus"...O-Ton Tom. Aber es folgen Stunden purer Glückseligkeit!

Bonusmaterial

MAILS FOR MILES

Ich bin auf einer Party. Die Einzigen, die ich kenne sind die Gastgeber. Aber das macht nichts. Der Weißwein ist trocken und gut gekühlt. Die Stimmung ist ausgelassen und ich unterhalte mich prächtig. Das Kuriose: Einige der Gäste laufen ebenfalls regelmäßig um die Hamburger Außenalster, oder würden es in Zukunft gerne tun. Prima, sage ich voll motiviert, dann laufen wir doch in Zukunft zusammen. Einmal in der Woche? Einmal in der Woche! Abgemacht! Wir, das sind 2 Frauen und 6-7 Männer aus Hamburg und Umgebung. Wir einigen uns auf Dienstag abends gegen 19:30 Uhr. Anschließend wollen wir zum Auffüllen der Kohlehydratspeicher diverse italienische Restaurants am östlichen Alster-Ufer besuchen. Da sich meine Wohnung relativ nah an der Trainingsstrecke befindet, stelle ich die "Umkleidekabine" für die Läufer von auswärts. Und als Texterin ist es natürlich Ehrensache, die Meute im Vorfeld per Email bei Laune zu halten. Dieses Experiment "Gruppentraining" lief über einen Zeitraum von ca. 2 Jahren. Einige dieser Emails existieren noch. Und wenn ich mich recht erinnere, so haben wir es in dieser Zeit immerhin zweimal geschafft, mit allen gemeinschaftlich zu laufen. Aber auch in kleinerer Runde entstanden schöne Gespräche, die ich nicht missen möchte. Es waren einige schöne Dienstage dabei! Wirklich. Hier die Mails vor den Meilen:

09. Juni

Betr.: **Lauflogistik**

Hallo liebe Laufkameradin, liebe Laufkameraden und die, die es werden möchten (Martin: wie war's im Stau? Raimund: Knie ok?). Da ich von morgen bis Dienstag Mittag in Madrid olé bin (zum Spät-Sport sollte ich es aber so gerade schaffen!) schon jetzt die Einladung zum Laufen an alle und die Hoffnung auf zahlreiches Erscheinen. Frohes Schaffen, gute Besserungen, schöne Urlaube und hoffentlich gesund und bis Dienstag A.

21. Juni

Betr.: **Morgen ist Dienstag!**

Liebe Laufburschen, bleibt es morgen bei 19:30 Uhr auf der Krugkoppelbrücke? Wäre doch klasse, oder?! Vorausgesetzt natürlich Martin steht nicht wieder im Stau, Uwe möchte Sport machen und nicht gucken und Urlauber Silvio ist mit samt seiner rasanten Flamingo-Rennhose rechtzeitig aus der Sommerfrische zurück. Freue mich auf Euch! A.

PS: Wer die Umkleide im Hofweg nutzen möchte – hier ist Startschuss um 19:10 Uhr. PPS: Hab mal nachgemessen – die „Heldenrunde" ab Hofweg ist ca. 4,2 km länger!

04. Juli

Betr.: **Auuuuf die Plätze…**

Liebe Zu- und Absager, wollte nur kurz daran erinnern, dass die nächste Trainingseinheit ansteht. Freue mich schon darauf, euch Dienstag zu gewohnter Stunde (19:30 Uhr) an bekanntem Ort (Krugkoppelbrücke) zu sehen. Für das anschließende Auffüllen der Kohlehydratspeicher wird ein Tisch im Casa Nova (Hofweg/Ecke Averhoffstr.) bereit stehen (mal sehen, ob das nun besser klappt)

Bis dann A.

PS: Kurze EM-Info. Da Portugal heute Abend ganz bestimmt Europameister wird, treffen sich Kiki, Raimund und ein paar andere Leute beim – na wo wohl?! – Portugiesen in der Langen Reihe (Höhe Gurlittstraße – da ist auch gleich eine Bushaltestelle). Kiki ist so nett und wird Plätze reservieren (also, wer mit will, weiß was zu tun ist). Für eine gute Sagres- & Vinho Verde-Grundlage bietet sich, ein Haus weiter, „Sultan Kebap" an – ich finde, der beste der Stadt (wer einer Vegetarierin glauben mag;-)

PPS: Und hier noch mal für unsere „Neuzugänge" die Telefonliste

11. Juli

Betreff: **Nur noch zweimal schlafen**

Liebe Dienstags-Dauerläufer/in, irgendwie ist dieser Sommer doch gar nicht so schlecht – na ja, zumindest was unsere abendliche Alsterrunde betrifft. Hitzekollaps, Dehydrierung, Sonnenstich – is nich. Und bis Dienstag wird sich das bestimmt auch nicht gravierend ändern. Da könnt ihr sagen, was ihr wollt – diese Bedingungen schreien geradezu nach Topzeiten in der Bergwertung Kennedybrücke, heldenhaften Rundenrekorden und sagenhaften Schluss-Sprints an der Bellevue! Also bis um halb acht auf der Krugkoppelbrücke! Es grüßt voll Vorfreude A.

PS: Kiki kann leider nicht. Aber das Flamingohöschen kennt ja mittlerweile seinen Weg, oder?

18. Juli

Betr.: **Spät-Sport**

Liebe Dienstags-Dauerläufer/in, in dieser Woche kommen wir

in den Genuss einer etwas längeren Vorfreude auf unseren gemeinsamen Lauf – wir treffen uns nämlich erst eine volle halbe Stunde später – also um 20 Uhr auf der Krugkoppelbrücke. Freue mich auf euch! A.

PS: Wer möchte – die Umkleidekabine im Hofweg wird ca. gegen 19:10 Uhr aufgeschlossen.

21. Juli

Betr.: **Stramme Leistung!**

Liebe Laufkameraden*, heute hat außer einem Doppel-Zweier im Casa Nova mit Kiki (die etwas kränkelte) und mir (FÜNF Stunden brauchte dieser beknackte Zug von Berlin nach HH!) wohl nix geklappt. Immerhin! Aber damit wir erst gar keinen Rost ansetzen, sollten wir schleunigst einen Ersatz-Termin klar machen. Mein Vorschlag: Donnerstag oder Freitag Abend 20:00 Uhr oder Samstag um 9:00 Uhr. Ich höre förmlich, wie begeistert ihr eure (Mehrfach-) Zusagen in die Tasten haut! A.

PS: Nächsten Dienstag laufe ich – ausnahmsweise – bei einer anderen Veranstaltung auf. Und befreie mich hiermit vom

Sportunterricht!

*korrekte Ansprache: Liebe Nichtlaufkameraden oder salopp: wir faulen Säcke

01. August

Betr.: **Vor der Pasta aus der Puste!**

Liebe Faulpelz/in/e, nach zwei trainingsfreien Wochen, steht uns nun definitiv die nächste Trainingseinheit bevor. Wie immer Dienstag auf der Krugkoppelbrücke, aber ab sofort erst um 19:45 Uhr. Voller Vorfreude grüßt A.

PS: Kiki: Hoffe, dir geht es wieder richtig gut! Aber das hoffe ich sowieso für alle!

PPS: Raimund: Kinder? Knie? Alles ok?

PPPS: Uwe: vollgefuttert von deiner Malle-Halbpension? Dann haben wir vielleicht endlich mal eine reale Chance ;-)

PPPPS: Und für alle: Tisch im Casa Nova ist bereits reserviert!

08. August

Betr.: **Laufen!**

Liebe Sportsfreundin und –freunde, Dienstag haben wir zum Glück wieder die Gelegenheit etwas gegen die Trainingsträgheit der letzten Wochen zu tun. Mein Vorschlag: 19:45 Uhr auf der Krugkoppelbrücke. Scharre schon mit den Schuhen! A.

15. August

Betr.: **Dabei sein ist alles!**

Liebe Athlet/in/en, hier nochmal zur Erinnerung die Startzeiten für kommende Woche: Qualifikation: Dienstag, 19:45 Uhr Krugkoppelbrücke. Finale: ab 21:30 Uhr im Casa Nova. Freue mich auf euch! A.

PS: Martin: Es ist sooo lange her, dass wir dich gesehen haben – woran werden wir dich erkennen?

PPS: Uwe: heimlich trainiert, um uns gnadenlos zu deklassieren?

PPPS: Silvio: macht „einen auf Martin" – und hofft beim nächsten Mal wieder mitzuschnaufen äh –laufen

21. August

Betr.: **Ja, wo laufen sie denn?**

Na wo wohl: Alster, Dienstag, wie immer! A.

29. August

Betr.: **2x Gold über 10.000 Meter**!

Ihr habt richtig gelesen, liebe Laufbegeisterte, Silvio, der Altmeister der Mittelstrecke, und ich haben heute morgen beim Alsterlauf alles gegeben. Und wir wurden mit Edelmetall belohnt! Was für ein Gefühl, am letzten Tag von Olympia... A propos Alsterlauf: es bleibt doch bei Dienstag, 19:45 Uhr, auf der Krugkoppelbrücke? Es grüßt vom Siegertreppchen A.

04. September

Betr: **Pas de deux in 42 Minuten!**

Jaha, liebe Laufkameraden, da staunt ihr. Aber das ist exakt die Zeit, die Uwe und ich letzten Dienstag bei widrigsten Bodenverhältnissen für unsere Renn-Runde gebraucht haben. Nicht übel, was?!

Habe deshalb gestern mit Freude entdeckt, dass unsere Trainingsstrecke „An der Alster" ausgebessert wird. Und wenn erst die Matsch-Meile an der Bellevue keine mehr ist, ist bestimmt noch mehr drin. Aber ohne Training, meine Herren... Nächste Gelegenheit zum Schwänzen: Dienstag, 19:45 Uhr, Krugkoppelbrücke ;-) A.

17. September

Betr.: **Tuesday never dies!**

Deshalb Frage: wer jagt wen am Dienstag? Alle mit der Lizenz zum Laufen treffen sich um 19:45 Uhr, Krugkoppelbrücke Liebesgrüße aus Uhlenhorst M. äh A.

PS: Kiki: hoffentlich bis dahin raus aus der Quarantänestation des Tropeninstituts

PPS: Raimund: so kurz vor dem Berlin-Marathon bestimmt am Start

PPPS: Martin: fütter doch einfach mal dein GPS mit Hamburg statt Hannover

PPPPS: Uwe: eine Woche Pause ist genug!

PPPPPS: Silvio: die Wetten laufen (zumindest die) auf Hochtouren – kütt er oder kütt er nicht .

26. September

Betr.: **Wedel-Wedel!**

Liebe Schweinehundehalter/in, wollen wir Dienstag mal wieder gemeinsam Gassi gehen?

19:45 Uhr, Krugkoppelbrücke – egal bei welchem Wetter. Wuff-Wuff! A.

03. Oktober

Betr.: **Kastanien-Kicken**

heute früh an der Alster – das war ein Gedicht! Vielleicht liegen ja bis Dienstag, 19:45 Uhr wieder welche unten... Voller Optimismus grüßt A.

09. Oktober

Betr.: **Alster-Alarm!**

Heute früh, liebe Laufleute, ist etwas Unheimliches passiert: Die Alster war plötzlich weg. Ungelogen, einfach schwups, vom Erdboden verschluckt. Gru-se-lig! Aber bis Dienstag hat sich der Nebel bestimmt verzogen. Wär ja schon schön, wenn sie dann wieder auftauchen würde, die Alster. Und Ihr gleich mit dazu! Unermüdlich grüßt A.

PS: Und hier noch mal für die Dauerlauf-Dauerschwänzer: Krugkoppel um 19:45 Uhr.

17. Oktober

Betr.: **Dominostein-Doppeleffekt**

Erst ein, zwei, dann eine Reihe und am Ende ist doch wieder die ganze Packung weggeputzt. Dieses allzu menschliche Verhalten bezeichnet Prof. Dr. A. Lebkuchen-Herz von der ökotrophologischen Beratungs-Stelle mit dem einfachen Dominostein-Effekt. Im großangelegten Selbstversuch konnte die unerschrockene Lebkuchen-Herz jetzt eindrucksvoll belegen, dass sich unmittelbar nach dem Verzehr, also dem einfachen Dominostein-Effekt, der doppelte Dominostein-Effekt einstellt – in Form von hartnäckigem Hüftglück. Deshalb: Dienstag, 19:45 Uhr Krugkoppel! Mit zuckersüßen Grüßen A.

PS: Uwe: hoffentlich jetzt ohne Angina und wieder startklar!

PPS: Martin: Hau rein!

PPPS: Silvio: als Running-Gag biste ganz weit vorn!

22. Oktober

Betr.: **Mecker-Mail**

Liebe aktive und passive Sportskanonen, es macht mir wirklich viel Spaß, die wöchentliche Erinnerung an unsere abendliche Joggingrunde inkl. Tisch-Reservierung beim Italiener klar zu machen. Aber letztes Mal war es echt doof! Was bitte schön soll ich mit einer „4/5tel-Zusage" anfangen? Oder mit einem „Vielleicht, mal sehen"? Oder mit gar keiner Meldung? Bezogen auf vergangenen Dienstag hätte ich mit Sicherheit nicht bis abends mit dem Laufen gewartet, sondern hätte früher und bei prächtigstem Sonnenschein starten können. Deshalb habe ich eine Bitte: Wenn es euch irgendwie möglich ist, sagt mir doch einfach rechtzeitig fürs Laufen ab oder noch viel besser zu.

Dennoch habt ihr Dienstag Abend wirklich was verpasst: Die Luft war herrlich klar, der Mond hing mit einer leicht verschleierten Sichel über der Alster und im dunklen Nass spiegelten sich die Lichter der Stadt. Wun-der-schön! Wie gut, dass es nächste Woche wieder einen Dienstag gibt... Bis dahin A.

07. November

Betr.: **Nie mehr im Dunkeln tappen!**

Moin liebe Laufgemeinde, habe eben auf meiner Alsterrunde mit Freude festgestellt, dass die Kabel für die neuen Lampen am Westufer bereits verlegt sind. Vielleicht können wir Dienstag sogar schon mit Beleuchtung laufen... Wie auch immer, zumindest auf der Krugkoppelbrücke ist Licht. Dann können wir uns nicht verfehlen. Wer läuft mit? Liebe Grüße A.

13. November

Betr.: **Ihr Läuferlein kommet...**

...oh kommet doch all

zur Krugkoppel her kommet

19:45 zum Dauerlauf.

Und seht, was in kommender Dienstag Nacht

die Hatz um die Alster für Freude uns macht...

Dumdidumdidum A.

PS: Kiki kommt übrigens nicht

21. November

Betr.: **Dienstags-Dauerlauf/Dienstags-Demo**

Mit welcher Motivation auch immer, wie immer: 19:45 Uhr Krugkoppel! Freu mich! A.

PS: Kiki ist für die italienische Runde gemeldet – ab 21:15 Uhr

PPS: Uwe - dieses Mal noch und dann zweimal Pause?

PPPS: Martin?

PPPPS: Silvio?

PPPPPS: Ich? Hoffentlich

27. November

Betr.: **Laterne, Laterne**

Es wird allmählich, liebe Läufer/in, endlich sind die ersten Lampen am Westufer installiert. Vielleicht können wir Dienstag dann mal sehen, wo wir hintappen... Ich bin um

19:45 Uhr auf der Krugkoppelbrücke. Wer noch? Auf Zusagen freut sich wie immer A.

PS: Kiki walkt?

PPS: Uwe schwänzt

PPPS: Martin?

PPPPS: Silvio?

05. Dezember

Betr.: **Letzte Runde**

Dienstag, Krugkoppel, 19:45 Uhr. Und dann mit mir und 5 Wochen Trainingsrückstand erst wieder am 25. Januar.

Freue mich auf Dienstag A.

PS: Kiki: gehen oder laufen? Aber auf jeden Fall ab 21:30 Uhr beim Semperstraßen-Italiener

PPS: Uwe: läßt laufen

PPPS: Martin: ?

PPPPS: Silvio: ?

06. Dezember

Betr.: **Letzte Runde ohne mich**

Liebe Geherin, Läufer, Nichtläufer und Möchtegernläufer, heute und morgen Nacht heißt es für mich leider: Turbo-Texten. Befreie mich hiermit von Sport & Spaghetti. Schaaade! Macht es jut, werdet oder bleibt gesund und bis nächstes Jahr! Schmatz! A.

23. Januar

Betr.: **Erstes offizielles Training im Neuen Jahr**

Liebe aktive und passive Mitläufer*in, euch allen erst einmal ein gutes Neues Jahr – auf dass alles so gut läuft, wie ihr es euch wünscht. A propos: bei mir ist es leider beim Höhen-meter-Extrem-Kraxeln auf den Kanaren einmal nicht so gut gelaufen – deshalb melde ich mich hiermit zwar zurück, jedoch auch gleichzeitig fürs Dienstagstraining ab. Aber wir sehen uns bestimmt Samstag bei Kiki. Vorfreude ist doch auch was Schönes! A.

08. Februar

Betr.: **Kohlehydratspeicher auffüllen**

Moin Mädels, was für ein Jammer, auch in dieser Woche bin ich noch vom Sportunterricht befreit. Deshalb stellen sich für mich nur folgende, elementare Fragen: Bei welchem Italiener gibt es die Spaghetti nach eurem Sport! Und wann? A.

14. März

Betr.: **Hurra, die Alster hat mich wieder!**

Liebe Sportkameraden, habe eben nach meinem ewig-langen, faulen Winterschlaf erfolgreich die erste kleine Trainingseinheit an der Alster geschafft. Bei herrlichstem Sonnenuntergang – einfach wunderbar! Werde deshalb auch gleich wieder übertreiben und morgen Abend mitlaufen. Vielleicht aber nicht die ganze Strecke. Schlage deshalb vor, dass Ihr mich auf Höhe Auguststr. einsammelt. Sprich, einfach mal anders herum laufen oder wir uns ausnahmsweise da (Auguststr.) treffen. Was meint Ihr?. A.

PS: Kiki geht walken

PPS: Martin ist im Trainingslager auf Malle

PPPS: Uwe und Silvio – wie sieht es aus?

21. März

Betr.: **Morgen ist Dienstag!**

Liebe Dauernichtläufer, wie schon lange nicht mehr: morgen, 19:45 Uhr, Krugkoppelbrücke. Freu mich auf euch! A.

27. März

Betr.: **Der Dienstag der neuen Dimensionen**

Liebe Kilometerfresser*in!

Dienstag ist es soweit, wir können den ersten Rekord des Jahres aufstellen: mehr als 2 Teilnehmer bei unserer Alsterrunde! Ich spüre ganz deutlich: Da geht noch was! Ich bin in Rekordlaune und am Start! Wie sieht es bei euch aus? Kiki: geht walken? Uwe: mittlerweile ohne Grippe? Martin: endlich von Mallorca zurück? Silvio: schnackt von persönlicher Bestzeit beim Halbmarathon in Berlin. Also: hau rein, Kapelle! Freue mich auf euch: Krugkoppel, 19:45 Uhr. A.

05. April

Betr.: **Diiiienstag!**

19:45 Uhr, Krugkoppel? Freu mich! A.

05. Juni

Betr.: **Astronomische Höchstleistung**

Hallo Ihr Trab-Trabanten in den Weiten des Universum, es sieht ganz so aus, als ob uns Dienstag eine außergewöhnliche Sternenkonstellation erwartet. Wenn meine Berechnungen stimmen, werden Komet-Kiki, Mars-Martin, Uranus-Uwe, unser Milchstraßenbubi Silvio und ich eine unserer seltenen, gemeinsamen Umlaufbahnen drehen. Voraussichtlicher Eintritt in die Alster-Atmosphäre: 19:45 Uhr, Krugkoppelbrücke. Haltet euch bereit! Spurtnik 1

13. Juni

Betr.: **Abendstund & Joggerrund**

Schätze mal, alles wie immer: 19:45 Uhr Krugkoppel. Freu mich A.

27. Juni

Betr.: **Wer läuft mit?**

Morgen, 19:45 Uhr, Krugkoppel Freu mich auf Euch! A.

PS: Kiki und Martin sind in dieser Woche vom Sportunterricht befreit

18. Juli

Betr.: **Dienstag läuft was**

Aber nicht bei allen. Und weil Mega-Urlaub-Martin, Ex-andere-Umstände-Uwe und Trainings-Tornado Silvio diese Woche nicht am Start sind, dieses Mal bereits um 19:30 Uhr auf der Krugkoppelbrücke. Freu mich auf euch! A.

25. Juli

Betr.: **Run an den Speck**

Fest steht: das wahre Gold der Schweiz ist und bleibt ihre Schokolade. Und damit sie sich nach meinem letzten dekadenten Aufenthalt im Schoggi-Schlaraffenland nicht auch noch als Hüftgold bei mir breit macht, ist zum Glück morgen Dauerlauf-Dienstag. Wer rennt mit? Start: wie immer 19:45 Uhr, Krugkoppel Grüezi A.

PS: Martin: bin morgen ab 18 Uhr im Hofweg.

PPS: Michi: danke für deine Nachricht auf dem AB. Seh dich hoffentlich morgen nach dem Laufen

PPPS: Raimund: Schönen Urlaub

PPPPS: Uwe: Schönen Urlaub (falls es bereits so weit ist)

PPPPPS: Christian: Schönen Gruß an den englischen Garten

01. August

Betr.: **7,4 Kilometer**

Jaha, liebe Dame, liebe Herren, 7,4 km – das ist die beliebte Dienstags-Lauf-Distanz. Wie gut, dass wir sie nicht schwimmen wollen ;-) Und hier zwei weitere Dienstag-typische Koordinaten: a) 19:45 Uhr, Krugkoppel und   b) 21:00 im Casa Nova (Hofweg/Ecke Averhoffstr). Freu mich! A.

PS: Uwe und Raimund: schönen Urlaub!

07. August

Betr.: **Dienstag machen scheinbar alle blau**

Kiki mit Uwe

Martin mit Tochter

Raimund in der Bretagne

Silvio mit dem Job

Christian im englischen Garten?

und Michi macht sowieso immer blau ;-)

Wünsch' euch viel Spaß und bis nächste Woche? A.